Chris Bradford

Cyborg – Der letzte Gegner

Chris Bradford war professioneller Musiker und trat sogar vor der englischen Königin auf, bevor er sich ganz dem Bücherschreiben widmete. Mittlerweile ist er Bestsellerautor, seine Bücher wurden in über 20 Sprachen übersetzt und vielfach ausgezeichnet. Chris Bradford trägt den Schwarzen Gürtel in Taijutsu, der geheimen Kampfkunst der Ninja, und lebt mit seiner Frau, seinen beiden Söhnen und zwei Katzen in England.

Dr. Karlheinz Dürr wurde 1947 in Lörrach/Baden geboren. Er war viele Jahre in der Europabildung tätig. Heute ist er Übersetzer aus dem Englischen bzw. Amerikanischen und schreibt Kurzgeschichten für Kinder und Jugendliche. Er hat drei Töchter und lebt in der Nähe von Tübingen.

Chris Bradford

CYBORG

Der letzte Gegner

Aus dem Englischen
von Karlheinz Dürr

dtv

Dieser Sammelband enthält die Einzelbände ›Das letzte Level‹, ›Der letzte Player‹ und den bisher unveröffentlichten Band ›Der letzte Gegner‹

MIX
Papier aus verantwortungsvollen Quellen
FSC www.fsc.org FSC® C019821

›Das letzte Level‹:
Ungekürzte Ausgabe
2022 dtv Verlagsgesellschaft mbH & Co. KG, München

Titel der englischen Originalausgabe: ›Gamer‹,
erschienen bei Barrington Stoke Ltd, Edinburgh

›Der letzte Player‹:
Leicht überarbeitete Ausgabe
2022 dtv Verlagsgesellschaft mbH & Co. KG, München

Titel der englischen Originalausgabe: ›Virus‹,
erschienen bei Barrington Stoke Ltd, Edinburgh

›Der letzte Gegner‹:
Deutsche Erstausgabe
2022 dtv Verlagsgesellschaft mbH & Co. KG, München

Titel der englischen Originalausgabe: ›Cyborg‹,
erschienen bei Barrington Stoke Ltd, Edinburgh

Umschlaggestaltung und Artwork: Isabelle Hirtz, Inkcraft
Umschlagmotive: shutterstock.com
Vignetten Innenteil: Marleen Janzen, dtv
Gesetzt aus der Ocean Sans
Satz: C.H.Beck.Media.Solutions, Nördlingen
Druck und Bindung: Druckerei C.H.Beck, Nördlingen
Printed in Germany · ISBN 978-3-423-71910-0

Teil I

Das letzte Level

Für Matt, einen treuen Freund

1

Brot

Ich kann den Blick nicht von den Kämpfern losreißen.

Donner, der Kickboxer, hat dem Zerstörer soeben die Vorderzähne ausgeschlagen. Der Schlag lässt den Zerstörer zurücktaumeln, er spuckt Blut. Aber er ist riesig und stark, senkt den Kopf wie ein Stier und greift Donner an. Seine Faust, mächtig wie ein Amboss, kracht in Donners Bauch. Donner klappt zusammen. Der Zerstörer erwischt ihn mit einem Aufwärtshaken genau an der Kinnspitze. Donners Körper wird durch die Luft geschleudert und fällt, schwer wie ein Sack Kartoffeln, mitten in der Kampfarena auf den Boden.

Die Zuschauer brüllen und jubeln.

Mir hat es den Atem verschlagen. Für diesen Kampf war Donner der absolute Favorit!

Donner stemmt den Oberkörper mühsam hoch. Der Zerstörer hebt die Fäuste bis zu den Ohren des Gegners und schlägt dann mit voller Kraft von beiden Seiten gegen seinen Kopf. Das ist der Schlag, der ihn berühmt gemacht hat – der Schädelbrecher.

Game over für Donner.

Auf dem riesigen 3D-Bildschirm über der Straße erscheint ein rot-schwarzes Logo, das den gesamten Bildschirm ausfüllt:

VK

Eine tiefe Stimme dröhnt: »VIRTUAL KOMBAT. SO REAL, DASS ES SCHMERZT.«

Es folgt ein Werbespot für *Synapse*-Drinks. Der Konzern ist der wichtigste Sponsor von Virtual Kombat. Ich versuche nicht hinzuschauen. Werbung bringt mich immer dazu, etwas haben zu wollen, das ich nicht haben kann.

Der Kampf ist vorbei, die Straßenkids verstreuen sich, huschen wie Ratten in die Seitengassen zurück, so wertlos wie der Müll, der die Stadt verschmutzt. Ungewollt. Unbeachtet. Vergessen.

Ich bin einer von ihnen. Scott. Eines der unzähligen Straßenkids.

Das Killervirus von 2030 hat mir die Eltern genommen. Es hat Millionen ausgelöscht. Seltsam war nur, dass es keine Straßenkids angriff. Als die Ärzte nicht mehr weiterwussten, behaupteten sie einfach, das Virus würde von uns Kids übertragen. Daraufhin jagten viele Eltern ihre eigenen Kinder aus dem Haus, trieben sie auf die Straße. Und als die Erwachsenen wegstarben, landeten natürlich auch unzählige Waisen auf der Straße. Jetzt sind wir Tausende, Abertausende.

Die ganze Welt verwahrloste, ging buchstäblich vor die Hunde. Bis schließlich die Armee eingriff. Sie verhängte Notstandsgesetze, und tatsächlich stellte sich allmählich wieder so etwas wie Ordnung ein. Aber der Schock saß zu tief: Die Menschen wagten sich nicht mehr aus den Häusern. Zwar war die Ausbreitung des Virus inzwischen wieder abgeflaut, aber die Erwachsenen fürchteten sich noch immer vor der Ansteckung. Die meisten Menschen flüchteten sich in ein Leben im Netz. Und damit begann die Erfolgsgeschichte von VK. Die Leute brauchten ein Ventil, irgendetwas, das ihnen die Möglichkeit bot, ihre Wut, Frustration und Verzweiflung hinauszulassen.

VIRTUAL KOMBAT
REALISTISCHER ALS JEDES
ANDERE KAMPFSPIEL!

Das jedenfalls wird in den VK-Werbespots immer behauptet. Und tatsächlich ist Virtual Kombat die Nummer eins der Kampfspiele auf der Welt. Monumentale Videowände stehen überall in der Stadt. Wie irre strahlende, kranke Sonnen, die niemals untergehen.

Gerade jetzt erscheint vor mir auf der Videowand ein riesiges 3D-Foto: ein *Zing*-Energieriegel. Schnell wende ich den Blick wieder ab. Zu spät: Mein Magen verkrampft sich. Das ist die reinste Folter.

Dann höre ich einen Fanfarenstoß und dumpfe

Trommeln: die VK-Erkennungsmelodie. Die Werbepause ist vorbei und das Logo der Show erscheint wieder. Und wieder ist die Stimme zu hören: »REALISTISCHER ALS JEDES ANDERE KAMPFSPIEL! JEDER FEIND HAT EINEN EIGENEN WILLEN!«

Zwei Ansager erscheinen auf dem Bildschirm und lächeln mit blitzend weißen Zähnen in die Kamera. Jetzt beginnt der Höhepunkt des Programms: Auf jeder der zehn Stockwerke hohen Videowände laufen nun Wiederholungen sämtlicher »Killings« des heutigen Tages. Köpfe werden abgeschlagen, Knochen gebrochen, Kämpfer getötet. Auf den monumentalen Bildwänden wird alles bis ins letzte grausige Detail sichtbar.

Danach erscheint die aktualisierte Bestenliste. Der Zerstörer hat sich um einen Rang verbessert, Donners Name ist verschwunden.

VIRTUAL KOMBAT. SO REAL, DASS ES SCHMERZT.

Ich selbst verspüre im Moment nur einen realen Schmerz – in meinem Magen. Seit Tagen habe ich nichts mehr gegessen. VK lenkt den Verstand vom Hunger ab. Solange die Sendung läuft, denkt man nicht so oft daran. Aber kaum ist sie vorbei, verkrallt sich der Hunger mit neuer Kraft im Magen.

Die Wiederholung will ich mir jetzt nicht mehr zumuten. Ich ziehe mich in eine schmale Seitengasse zurück. Dort stehen ein paar große Mülltonnen, direkt neben dem Hinterausgang eines Restaurants, in dem die Reichen und Mächtigen speisen. Oder jedenfalls diejenigen, die sich noch aus ihren Villen nach draußen wagen. Sofern man verspiegelte SUVs, verglaste Gehwege und riesige Shoppingcenter als »draußen« bezeichnen kann.

Mit ein bisschen Glück finde ich vielleicht ein paar Abfälle, die die Köche in den Müll geworfen haben.

Plötzlich höre ich jemanden brüllen: *»Gib's her!«*

Im Halbdunkel der Gasse entdecke ich zwei Typen, die ein kleines Mädchen und einen Jungen in die Ecke getrieben haben.

Das kleine Mädchen schüttelt trotzig den blonden Kopf und presst eine braune Papiertüte an die Brust. Der größere der beiden Typen schlägt ihr brutal ins Gesicht und reißt ihr die Tüte aus den Händen.

Das Mädchen weint nicht. Straßenkids sind zäh. Aber selbst aus der Entfernung kann ich den roten Handabdruck auf ihrer Wange sehen.

»Lass meine Schwester in Ruhe!«, schreit der Junge und stellt sich zwischen das Mädchen und den Schläger. »Gib ihr die Tüte zurück, sie gehört *uns*!«

»Wer's findet, darf's behalten«, ruft der andere Schlägertyp spöttisch. Er ist kräftig gebaut und hat dunkelrotes Haar. Plötzlich stößt er den Jungen brutal zu Boden und lacht, als der mit dem Kopf hart auf dem Straßenpflaster aufschlägt.

Der andere hat inzwischen die Tüte geöffnet. »Du glaubst es nicht, Grizzly«, ruft er mit gierig glänzenden Augen. »Frisches Brot!«

2

Straßenkämpfer

Brot. Mein Magen knurrt laut. Was würde ich für ein Stück Brot nicht alles tun.

»Los, lass uns was essen, Cobra!«, fordert der Junge, der auf den Namen Grizzly hört, und will nach der Tüte greifen.

Cobra hält sie schnell außer Reichweite. »Pfoten weg.«

»He, komm schon«, bettelt Grizzly. »Die anderen merken es doch nicht, wenn ein Bissen fehlt.«

Während sie sich streiten, schleiche ich mich von hinten an, springe vor und entreiße Cobra die Tüte.

»He!«, faucht Cobra geschockt, als er herumwirbelt. »Das gehört uns!«

»Wer's findet, darf's behalten«, sage ich. Ich gebe mich furchtlos. Wer Furcht zeigt, ist in dieser Stadt so gut wie tot.

Wetten, dass sich Cobra und Grizzly immer nur kleinere Kids vornehmen? Vor solchen Typen habe ich keine Angst.

Aber es ist trotzdem ein riskantes Spiel. Zwei gegen einen.

»Es gehört euch nicht«, fahre ich fort und starre sie drohend an. »Und jetzt verpisst euch!«

Grizzly wirft Cobra einen unsicheren Blick zu, aber Cobra zieht ein abgebrochenes Stahlrohr aus dem Gürtel.

Sieht so aus, als hätte ich die Wette verloren.

Cobra holt aus und schwingt das Rohr gegen meinen Kopf. Ich lasse die Tüte fallen und springe vor, um seinen Angriff abzublocken. Dann packe ich seinen Schlagarm und verbiege ihn, bis er vor Schmerzen aufheult und das Rohr fallen lassen muss. Ich stoße ihn zu Boden. Im selben Moment greift mich Grizzly von hinten an und umklammert meinen Hals. Ich ramme ihm den Ellbogen in die Rippen. Er lässt los. Ich packe ihn und werfe ihn über meine Schulter. Er schlägt hart auf den Asphalt und ich trete ihn nicht sehr sanft in den Unterleib.

Cobra ist wieder aufgesprungen, aber statt erneut anzugreifen, packt er den stöhnenden Grizzly und zieht ihn auf die Füße. »Warte, bis Shark das erfährt«, faucht Cobra. »Der nimmt dich auseinander!«

Ich weiche nicht von der Stelle, während sie davonhumpeln. Aber meine innere Stimme schreit mich an: *IDIOT!*

Shark. Das ist keiner, mit dem man sich anlegen sollte. Nicht mal für eine Tüte voller Brotabfälle. Er hat einen schlechten Ruf. Aber woher hätte ich wissen sollen, dass diese Typen zu ihm gehören? Das hier ist

Tigers Revier. Ergibt keinen Sinn für mich, warum Sharks Leute hier nach Nahrung grasen. Vielleicht sind die beiden neu und kennen die Regeln noch nicht so gut.

Als ich mich nach der Brottüte bücke, wird mir schwindelig. Der Kampf hat mich noch mehr geschwächt. Ich muss etwas essen, dringend.

Das Mädchen und der Junge stehen dicht beieinander, bibbernd vor Kälte und Hunger und Angst. In dieser Stadt hört der Nieselregen nie auf. Die beiden klammern sich aneinander und starren mich aus großen Hungeraugen an. Mir wird klar, dass sie Zwillinge sind. Blondes Haar, babyblaue Augen. Und der gleiche Ausdruck von Angst und Trauer im Gesicht, der mir fast das Herz bricht.

»Wie heißt ihr?«, frage ich.

»Ich bin Tommy. Meine Schwester heißt Tammy«, sprudelt es aus dem Jungen heraus.

So hungrig ich auch bin, ich gebe dem Mädchen die Brottüte zurück. »Okay. Das gehört dir, Tammy.«

Sie sagt nichts, presst die Tüte aber an die Brust.

»Wer bist du?«, flüstert Tommy mit weit aufgerissenen Augen.

Klar ist er geschockt: Hier auf der Straße ist Freundlichkeit selten. *Den* Luxus leisten sich nur Idioten. *Das Blödeste, was du tun kannst,* sage ich mir. *Bist du nicht selbst am Verhungern?*

»Scott«, sage ich.

»Wo hast du so kämpfen gelernt?«, fragt Tommy weiter.

»Na, mit *Street Fighter 7.*«

Ich muss unwillkürlich lächeln, als die Erinnerung zurückkommt.

Es stimmt. Vor dem Virus wohnte ich in einem großen Haus im Süden der Stadt. Meine Eltern waren super. Sie gaben mir alles, was ich haben wollte. Die absolut teuerste Spielekonsole. Und immer die neuesten Spiele. Mein Dad und ich waren absolut süchtig nach *Street Fighter*. Ich durfte die verschiedenen Angriffs- und Verteidigungstechniken sogar an ihm selbst ausprobieren, richtig echt, meine ich. Gewonnen habe ich nie. Dad war in einer Spezialeinheit beim Militär gewesen und hatte einen Schwarzen Gürtel in Taekwondo. Wir trainierten jeden Tag miteinander. Dem Training habe ich es zum großen Teil zu verdanken, dass ich überhaupt noch am Leben bin, während andere Kids hier im Viertel wie Fliegen starben.

Ich schüttle den Kopf und konzentriere mich wieder auf das Hier und Jetzt. Tammy hat die Tüte geöffnet. Ängstlich huscht ihr Blick durch die Gasse, wie der einer Maus, jederzeit bereit, bei der geringsten Gefahr zu fliehen.

»Sie spricht nicht viel, deine Schwester«, sage ich zu Tommy. Er schüttelt stumm den Kopf.

Tammy nimmt ein großes Stück Brot aus der Tüte. Mein Magen verkrampft sich, mir läuft das Wasser im

Mund zusammen. Ohne ein Wort reicht sie mir die Tüte, bricht das große Brotstück in zwei Hälften und reicht eine ihrem Bruder. Ich schaue in die Tüte. Sie hat mir mehr als die Hälfte der Beute überlassen. Aber ich bin zu ausgehungert, um mich zu bedanken. Gierig verschlinge ich das Brot.

»Das Brot ist frisch!«, sage ich überrascht und mit vollem Mund.

Tommy nickt. »Der Koch backt immer ein bisschen mehr, extra für uns. Da sind Booster drin.«

Ich vergesse alles um mich herum, gebe mich völlig der knusprigen Rinde und dem weichen Inneren hin. Und schon fühle ich ein wenig Kraft zurückkehren, als die Energie-Booster zu wirken beginnen und meinen ausgezehrten Kraftspeicher wieder auffüllen.

Viel zu schnell bin ich mit dem Brot fertig und wische mir den Mund am Ärmel ab. »Das war … echt super.«

Tammy lächelt zum ersten Mal.

Doch dann, genauso schnell, verschwindet ihr Lächeln.

»DA IST ER!«

Ich wirble herum. Cobra und Grizzly sind am Ende der Gasse aufgetaucht und deuten auf mich. Doch jetzt sind sie nicht mehr allein – als Verstärkung haben sie die gesamte Shark-Gang mitgebracht. Shark selbst steht ganz vorn. Er trägt eine schwarze Lederjacke. Das Haar hat er eisblond gefärbt und zu Stacheln hochfrisiert. Er grinst mich fies an. Keine Frage, wie er zu seinem Straßennamen gekommen ist: Zwei Reihen zum Teil abgebrochener Zähne leuchten im schwachen Widerschein des Videoscreens in der Straße hinter uns.

Shark zieht einen Blazer aus der Tasche und schaltet ihn ein. Aus der Entfernung sieht die grün leuchtende Laserklinge wie ein Ausrufezeichen aus.

Kampf oder Flucht?

Über die Frage muss ich mir keine Sekunde lang den Kopf zerbrechen.

Ich jage davon.

3

Flucht über die Dächer

Die ganze Bande nimmt die Verfolgung auf, ich höre ihr Getrampel hinter mir, als ich in eine weitere, noch schmalere Seitengasse einbiege. Diesen Stadtbezirk kenne ich wie meine Hosentasche. Ich nehme die Abkürzung zur Hauptstraße, weiche den glänzenden SUVs aus, als ich quer über die Straße und in die Gasse auf der anderen Seite jage. Aber es gelingt mir nicht, Sharks Gang abzuschütteln.

Halb verhungert, wie ich bin, holen sie schnell auf, schon höre ich Sharks wütende Beschimpfungen.

So kann ich ihnen nicht entkommen, ich muss über die Dächer.

Als ich um eine Ecke biege, sehe ich genau das vor mir, was ich brauche: eine Mülltonne als Steighilfe. Ich klettere darauf und springe, bekomme mit knapper Not die unterste Sprosse einer Feuerleiter zu fassen und ziehe mich daran hoch. Hastig klettere ich weiter hinauf, immer weiter, bis ich auf dem Dach ankomme, elf Stockwerke hoch. Weit unter mir erstreckt sich das Netz der Straßen. In jeder Richtung sehe ich unzählige riesige Videowände, auf den Dächern ragen Satellitenschüsseln und Mobilfunkmasten empor.

Unten auf der Straße hat sich die Bande aufgeteilt. Shark und ein paar andere folgen meinem Weg aufs Dach. Die Übrigen huschen wie Ratten durch das Gewirr der Gassen und verrenken sich die Hälse, als ich aufs nächste Dach springe.

Ich komme auf, rolle mich ab, setze über einen Lüftungsschacht und sprinte zum Dachrand. Diesmal ist die Entfernung zum nächsten Haus größer. Ich springe trotzdem. Die Angst und das Booster-Brot geben mir Kraft. Aber der Aufprall rammt mir die Luft aus der Lunge. Ich krache in das Metallgerüst einer Videowand.

Als ich aufschaue, erscheinen dort die Worte: VINCE POWER – KANN ER UNSERE STADT RETTEN? Ein glatt rasierter, gebräunter Mann in einem teuren, blauen Anzug taucht auf dem Bildschirm auf. Sein silbergraues Haar fällt sofort ins Auge. Ich muss seinen Namen nicht lesen, um zu wissen, wer er ist. Er ist einer der reichsten und mächtigsten Männer der Welt. Er hat Virtual Kombat erfunden.

Während ich mich aufrapple, sehe ich, dass Grizzly denselben Sprung wagt wie ich eben. Aber er schafft es nicht.

Er prallt gegen den Dachrand, Todesangst verzerrt sein Gesicht. Verzweifelt versucht er, sich festzuklammern, mir schießt der Gedanke durch den Kopf, dass ich ihn vielleicht retten sollte, aber da kommt auch schon Shark heran. Er schafft den Sprung mühelos, läuft eiskalt an Grizzly vorbei und rast hinter mir her.

Ich springe auf ein niedrigeres Dach und fliehe.

Shark bleibt oben und wir jagen nebeneinander auf zwei verschiedenen Gebäuden an den Dachkanten entlang.

Aber er ist schnell. Es kostet mich meine ganze Kraft, den kleinen Vorsprung zu halten.

Tief unter uns auf der Straße sehe ich Leute aus seiner Gang, die mich beobachten und hoffen, dass ich abstürze. Plötzlich verliere ich Shark aus den Augen und für einen Moment glaube ich, dass *er* abgestürzt ist.

Aber dann entdecke ich die Lederjacke und die stacheligen Haare vor mir. Er versperrt mir den Weg. Ich gehe ein paar Schritte rückwärts. Mit einem dumpfen Aufprall landet Cobra hinter mir.

Jetzt bleibt mir nur noch ein Fluchtweg, das Gebäude rechts von mir. Aber das Dach liegt viel zu tief.

Shark grinst sein Haigrinsen, während er den Blazer hervorzieht.

»Zeit zum Brennen«, sagt er.

Mir bleibt kein anderer Ausweg mehr. Ich *muss* springen.

Ich renne zum Rand des Daches und werfe mich in die Leere, stürze hinab. Für einen Moment fühlt es sich an, als würde ich von der Luft getragen. Dann pralle ich auf das Dach des unteren Hauses. Ich stöhne vor Schmerz, als sich mein Fußgelenk verdreht.

Cobra starrt geschockt auf mich herab. Der Abstand ist riesig. Er wird den Sprung nicht wagen.

Aber dann fliegt ein Schatten durch die Luft und Shark landet direkt neben mir. Er kommt hart auf, kracht mit dem Kopf an eine Satellitenschüssel. Der Junge ist noch verrückter als ich – denn ich hatte keine andere Wahl!

Schmerzen schießen durch mein Bein, als ich davonhumple. Auf einem Videoscreen beginnt gerade das Interview mit Vince Power.

»Mr Power, viele Leute halten Sie für einen Helden«, sagt die Reporterin mit schmachtendem Lächeln. Die junge Frau ist eine Art Kunstprodukt aus falschen Wimpern, blitzend weißen Zähnen, das Ergebnis ungezählter Schönheitsoperationen. »Durch Ihr Virtual-Kombat-Programm ist die Zahl der Gewaltverbrechen zurückgegangen, und Ihr Unternehmen Power Incorporated finanziert das Städtische Waisenhaus«, fährt sie fort. »Was treibt einen Mann wie Sie an?«

Vince Power lächelt. »Mein Motto ist: So vielen wie möglich das größte Glück. Ich möchte so viele Menschen glücklich machen, wie ich nur kann. Und deshalb habe ich mich entschlossen, den Straßenkids einen Ausweg aus ihrem Schicksal zu bieten. Ihnen neue Hoffnung zu geben in einer hoffnungslosen Welt.«

Ich wende mich ab. Shark ist wieder auf den Beinen und kommt auf mich zu.

Mit dem Rücken an einem Mobilfunkmast sitze ich endgültig in der Falle. Ich bin verletzt und habe keinen Fluchtweg mehr.

Ein scharfes Summen, als Sharks Laserklinge aufleuchtet.

»Keine Hoffnung mehr für dich, Pretty Boy«, zischt Shark und richtet den Blazer auf mein Gesicht.

In diesem Augenblick dringt ein schrilles Klingeln von der Straße herauf: die ersten Takte der VK-Erkennungsmelodie.

Shark erstarrt mitten in der Bewegung. Wir wissen beide, was das bedeutet.

»Aufgeschoben ist nicht aufgehoben«, flüstert er heiser und schaltet den Blazer wieder aus.

4

Auswahl

Als ich auf den Platz humple, wird mir sofort klar, dass ich zu spät komme.

Sämtliche Straßenkids unseres Bezirks drängen sich dicht um einen riesigen weißen Truck, auf dessen Seiten große VK-Logos prangen. Die eine Seite des Trucks steht weit offen. Im Innern sind zwanzig kapselartige PlayPods zu sehen. Jeder besteht aus einer Art Pilotensitz, einem großen Touchscreen, einem Kontrollpanel sowie einem herabsenkbaren Headset, das den Kopf völlig umschließt. Es wird »Hoodie« genannt und allein durch Gedankenkraft gesteuert.

Die VK-Erkennungsmelodie ist verstummt. Auch die Zing-Energieriegel wurden schon in die Menge geworfen. Aber was viel schlimmer ist: Sämtliche PlayPods sind bereits besetzt.

Ich fluche vor mich hin. Mein Pech – typisch. Ausgerechnet an dem Abend, an dem ich mich mit Sharks Gang anlege, muss der VK-Truck in unsere Zone kommen!

Der Truck ist eine Möglichkeit, von der Straße zu kommen – die einzige. Er ist eine mobile VK-Spielstation. Schafft man es in einen der PlayPods, hat man die Chance zu beweisen, dass man gut genug ist, Tester für Vince Powers Spiele zu werden. Als Tester erhält man einen Platz in seinem Waisenhaus. Und das bedeutet: jeden Tag gutes Essen, ein weiches Bett, beheizte Räume, Unterricht – die Chance auf ein normales Leben.

Aber selbst wenn man nicht ausgewählt wird, bekommt man ein ordentliches Essenspaket. Und Nahrung ist so ziemlich das Wertvollste, was man auf der Straße besitzen kann – man kann sie essen oder damit handeln. Und überleben.

Aber ich habe das alles natürlich wieder mal verpasst.

Shark nicht. Er hat sich ohne Probleme einen der schwarzen Ledersessel in einem PlayPod erobert, das Headset ist bereits über seinen Kopf gestülpt. Vor dem Truck rangelt seine Bande um die besten Plätze, um möglichst gute Sicht auf seinen Monitor zu bekommen. Dann entdeckt mich Cobra in der Menge.

Die Auswahl ist für mich gelaufen, ich hau lieber ab. Ob Shark es schafft oder nicht schafft, Tester zu werden, spielt keine Rolle: Wir haben eine Rechnung offen, von jetzt an wird mich seine Gang nicht mehr in Ruhe lassen. Ich muss in eine andere Zone wechseln.

Als ich davonhumple, höre ich meinen Namen.

Erstaunlicherweise hat es Tommy auf einen der PlayPod-Plätze geschafft. Er winkt mich zu sich.

»Nimm meinen Platz«, ruft er vom Truck herunter.
»Was? Bist du bescheuert? So eine Chance kriegst du nicht jeden Tag!«
Tommys Blick wandert zu dem stummen Mädchen, das neben mir steht. »Kann meine Schwester nicht im Stich lassen, oder?«
Er rutscht von seinem Sitz. »Ich hab ihn sowieso nur für dich frei gehalten.«
»SPIELER – SEID BEREIT FÜR DEN KAMPF!«, dröhnt eine Stimme aus den gewaltigen Lautsprechern des Trucks.
Keine Zeit für lange Reden. Ich schwinge mich in den Sessel und stülpe so schnell es geht das Headset über den Kopf. Das Spiel beginnt.

5

Game over

Mein Gehirn ist völlig leer. Dunkelheit umfängt mich.

Dann zucken Lichtblitze vor meinen Augen und im nächsten Moment befinde ich mich in einem exotischen chinesischen Tempel. Steinerne Drachen bewachen jede Ecke der Tempelkammer, aus ihren Rachen schießen Flammen. Stählerne Spieße ragen in einem großen Kreis aus dem Boden – mit den scharfen Spitzen nach oben. Sie markieren den Rand der Kampfzone.

Das hier ist eine Ein-Raum-Arena für Trainingszwecke. Es gibt keine Ausgänge. Keine Rätsel. Und weder Feinde noch irgendwelche Monster. Hier geht es nur um einen Zweikampf. Kämpfer gegen Kämpfer. Ein Knock-out-Kampf – wer ihn überlebt, ist Sieger.

Die anderen Wettkämpfer stehen im Kreis um die Arena und warten auf das Startzeichen.

Mein Blick zuckt nach rechts zu den Avataren, die noch übrig sind. Viele sind es nicht mehr. Ein Sumo-Ringer. Eine Ninja. Ein alter Priester. Doch dann sehe ich die vertraute weiße Jacke eines Taekwondo-Meisters. Mein Avatar-Körper verwandelt sich von der Standardeinstellung in einen starken, sehnigen Kampfsportler.

Am unteren Rand meines Gesichtsfeldes leuchtet mein Energie-Level auf, ein grüner Balken, der anzeigt, wie es um das Leben meines Avatar bestellt ist.

Es ist schon eine ganze Weile her, seit ich zuletzt ein Videospiel gespielt habe. Hätte bestimmt nicht geschadet, vorher ein wenig üben zu können.

VK hat die Welt der Kampfspiele praktisch revolutioniert, oder jedenfalls so sehr verändert, dass etwas fast völlig Neues entstanden ist. Man springt und hüpft jetzt nicht mehr mit einem Controller durchs Wohnzimmer, der die Bewegungen nie schnell genug auf dem Monitor anzeigt. Das ist mega-out, seit Vince Power das Headset mit Echtzeit-Gedankensteuerung einführte. Diese Hoodies sind einfach genial: Du brauchst eine bestimmte Aktion nur zu denken und schon führt dein Avatar sie aus. Und dann, letztes Jahr, kam der nächste Fortschritt: ein Upgrade, das die Headsets direkt mit dem Gehirn verlinkt. Jetzt erleben die Spieler das Spiel – in ihren Köpfen!

Ein Fanfarenstoß, gefolgt von einem wilden Trommelwirbel.

»SPIELER – BEGINNT DEN KAMPF!«

Im Nu verwandelt sich die Arena in ein blutiges Gemetzel: Zwanzig Straßenkids kämpfen um einen einzigen Platz im Waisenhaus. Ich blicke mich um und rätsle, welcher Avatar Shark gehört.

Eine Kriegerprinzessin wird durch die Luft geschleudert. Blut schießt aus ihrer Brust, als sie rücklings von einem der Begrenzungsspeere aufgespießt wird. Ein riesiger afrikanischer Ringer hämmert einen Glücksritter buchstäblich in den Boden. Im selben Moment tötet ein Mann in langem schwarzem Ledermantel und dunkler Sonnenbrille einen Shaolin-Mönch mit einer unglaublich schnell ausgeführten Serie mörderischer Karatekicks.

Plötzlich ragt vor mir ein tätowierter Mongolenkrieger auf und schwingt einen mächtigen Knüppel auf meinen Kopf herab. Aber er verfehlt mich meilenweit.

Reines Glück.

Mein erster Gegner muss ein Anfänger sein. Er kann seinen Avatar noch nicht richtig kontrollieren und ist daher meinem Gegenangriff hilflos ausgeliefert. Ich fälle ihn mit einem lichtschnellen Frontkick und setzte sofort mit einer gnadenlosen Abfolge von Fausthieben nach – jeder einzelne Hieb wird vom Soundeffekt mannigfach verstärkt und schallt als widerliches Knochenknacken aus den gewaltigen Lautsprechern. Sein Energie-Level blinkt kurz auf, als ich ihn mit einem Axe-Kick endgültig ausschalte. Virtuelles Blut schießt aus dem Mund des Kriegers.

Da ich den Kampfstil meines Avatar bereits gut

kenne, kann ich schneller reagieren als die anderen Kämpfer und sie mit jedem meiner Schläge und Tritte schwer treffen. In weniger als einer halben Minute liquidiere ich einen Samurai-Krieger, einen Thai-Kickboxer und den afrikanischen Ringer.

Inzwischen rast mein Puls, das Adrenalin rauscht durch mein System. Das Spiel ist wie ein echter Kampf – nur ohne die Schmerzen.

Eine Handvoll Wettkämpfer hat es bis hierher geschafft.

Jetzt kommt der Kämpfer auf mich zu, den ich für mich »Ledermann« nenne. Dieser Avatar bewegt sich gut und sieht gefährlich aus. Er wirbelt rasend schnell durch die Luft, sein Tritt erwischt mich am Kinn. Sterne blitzen vor meinen Augen auf und ich taumle rückwärts. Mein Energie-Level sinkt. Schon setzt mir Ledermann mit einer rasend schnellen Serie von Roundhouse-Kicks und Back-Kicks nach. Mein Energie-Level fällt und fällt. Unaufhörlich geht es bergab. Es wird immer schwerer, meinen Avatar unter Kontrolle zu bekommen.

80 % … 60 % … 45 % … 30 % …

Ein grauer Schleier scheint sich über die Arena zu senken, ich sehe sie nur noch verschwommen, rote Blitze und Punkte tanzen vor meinen Augen. Viele Schläge werde ich nicht mehr einstecken können.

Ich rolle mich zur Seite, als plötzlich eine Amazonenkriegerin Ledermann von hinten angreift – außer ihm und mir ist sie die einzige der Kämpfer, die noch auf den Füßen steht. Allerdings nur noch eine Sekunde – Ledermann springt hoch und umklammert ihren Kopf mit den Beinen. Mit einem Doppeldreher bricht er ihr das Genick.

Außer Atem, fast am Ende, verfolge ich, wie er die Amazone vernichtet. Und dabei wird mir etwas klar: Ledermann kennt nur eine Kampftechnik – Fußtritte.

Ich ziehe mich bis zum Rand des Kampfrings zurück und lasse mich direkt vor den Spießen zu Boden sinken, als sei ich geschlagen. Ich will ihn dazu bringen, mir den finalen Schlag zu versetzen.

Und er kommt tatsächlich, will den Kampf mit einem prächtigen Flying Kick beenden. Doch im Moment seines Absprungs tauche ich plötzlich unter ihm weg. Ledermann kann den Sprung nicht mehr abbremsen und fällt in die todbringenden Spieße. Blut spritzt in alle Richtungen. Benommen höre ich von irgendwo, von außerhalb des Spiels, den Jubel der Zuschauer.

GAME OVER

Mir wird schwarz vor den Augen.

Ich ziehe das Hoodie vom Kopf, blinzle, bis sich meine Augen allmählich wieder an die Echtwelt gewöhnen. Einen Moment lang begreife ich nicht, wo ich mich befinde. Mir ist speiübel und schwindelig.

Die Menge jubelt mir zu, während Shark aus dem Truck geführt wird. Er hält den Trostpreis in der Hand: ein Nahrungspaket. Aber es ist deutlich, dass er keinen Trost will.

Er reißt Cobra die Lederjacke aus der Hand und starrt wütend zu mir herauf.

»Eines Tages fackle ich dich ab«, knurrt er.

Drohend reckt er den Blazer in meine Richtung.

Als sich der Truck in Bewegung setzt, entdecke ich mitten unter den schreienden Kids Tommy und seine Schwester. Ich werfe Tommy mein Nahrungspaket zu.

Er grinst breit und zeigt mir das V-Zeichen. Dann dreht er es seitwärts, sodass daraus ein »K« wird.

6

Kat-Ana

»Willkommen in eurem neuen Heim«, sagt der silberhaarige Vince Power.

Er schenkt uns sein perlweißes Lächeln. Alle strahlen zurück. Für uns fünfzehn neue Kids, die Sieger des Auswahlverfahrens, ist es wie ein Traum – wir stehen in der Empfangshalle des Vince-Power-Waisenhauses. Ein Gebäude, das nur aus Bögen, Säulen, riesigen Fenstern und einem kuppelförmigem Glasdach zu bestehen scheint.

Seit meiner Ankunft habe ich bereits einen Gesundheits-Check und meine erste Dusche seit Wochen hinter mich gebracht – und zum ersten Mal seit Langem wieder in einem richtigen Bett geschlafen. Es gab eine warme Mahlzeit und neue Klamotten – einen tiefschwarzen Kampfanzug mit dem rot glänzenden VK-Logo auf der Brust. Auf dem Rücken steht mein Name in weißer Schrift:

SCOTT

Ich hätte mir einen anderen Namen für meinen Avatar ausdenken sollen. Aber so schnell war mir keiner eingefallen.

»Ihr alle habt eine natürliche Begabung für Virtual Kombat bewiesen«, erklärt uns Power. »Und nun seid ihr hier, um diese Begabung weiterzuentwickeln und Tester der nächsten Generation von VK zu werden. Als Gegenleistung verlange ich nur eins: dass ihr euch an die Regeln haltet.«

Ein großes, schwarzes Mädchen mit dem Namenszug HEXE hebt die Hand. »Was sind denn die Regeln?«

Vince schaut sie mit ernstem Gesicht an. Dann grinst er breit. »Es gibt keine.«

Alle lachen.

»Jedenfalls nicht in der Arena. Aber hier, im Heim, werden sich unsere Wärter um euch kümmern.«

Er deutet auf eine Reihe von ungefähr dreißig Männern und Frauen, alle in makellosen roten VK-Uniformen. Eine große Frau mit rundem Gesicht zwinkert mir freundlich zu. Die übrigen sehen für meinen Geschmack ein bisschen zu streng und militärisch aus.

»Wir verlangen nur eins von euch: Respekt«, fährt Power fort. »Zu eurer eigenen Sicherheit müssen wir euch bitten, euch von den Sperrzonen fernzuhalten. Bleibt im Waisenhaus. Und geht zu Bett, wenn das Licht ausgeht.«

Ein Stöhnen läuft durch die Menge. Power achtet nicht darauf. Mit einer ausholenden Geste weist er auf die Halle, die mindestens fünfhundert Sitzplätze fasst. »Hier in dieser Halle werdet ihr essen«, erklärt er. »Frühstück, Mittagessen, Abendessen.«

Das verschlägt mir buchstäblich den Atem, genau wie auch allen anderen Kids. *Drei* Mahlzeiten am Tag?

Über uns leuchtet ein riesiger Videoscreen auf. Er zeigt die tägliche VK-Arena-Show. Wieder geht es um den Zerstörer. Erst kurz zuvor ist er zu den Top-Ten-Kämpfern aufgestiegen, nachdem er Chaos in einem unglaublichen Zweikampf geschlagen hat. Sie zeigen den Todesschlag immer und immer wieder, aus verschiedenen Perspektiven. Chaos' Hirnmasse ist über die halbe Arena verspritzt – er ist das jüngste Opfer des brutalen Zerstörer-Spezialschlags, dem Schädelbrecher.

Vince sagt nichts zum blutigen Sieg des Zerstörers, nickt aber; offenbar zufrieden mit dem, was auf dem Bildschirm zu sehen ist. Jetzt wendet er sich mit einem Lächeln an uns: »Durch die Glastüren dort drüben gelangt ihr in die Chillzone. Dort könnt ihr euch nach dem Training entspannen. Folgt mir.«

Der Raum ist mit Sofas, Sitzsäcken, Getränke- und Snackautomaten und PlayPods ausgestattet. In einer Ecke chillt eine Gruppe Kids. Sie grüßen Vince, als er eintritt, aber uns beachten sie nicht. Ihre Augen sind fest auf eine Monitorwand gegenüber gerichtet. Jeder der Screens zeigt eine andere Arena in Live-Übertragung. Eine digitale Bestenliste wird eingeblendet, von

Kämpfern, deren Name ich noch nie gehört habe. Sogar der Zerstörer fehlt unter den Top Ten.

»Welche VK-Liga ist das?«, frage ich.

»Eure eigene«, sagt Vince. »Das sind die Feeds von der Trainingszone. Hier könnt ihr eure Mitkämpfer jederzeit beim Kämpfen beobachten.«

Auf einem der Monitore in der Mitte kämpft ein weiblicher Avatar gegen einen Ninja. In ihren Shorts und dem engen T-Shirt sieht sie aus wie eine Retro-Kopie von Lara Croft. Sie trägt ein Samurai-Schwert quer über dem Rücken. Am unteren Bildrand wird eine Schrift eingeblendet:

ROTER NINJA *gegen* KAT-ANA

Der Rote Ninja greift mit einem gewaltigen Sprung an, dreht sich in der Luft und kickt schnell wie ein Blitz. Er ist so schnell, dass ich seinen Bewegungen kaum folgen kann. Aber Kat-Ana schafft es trotzdem, ihm auszuweichen, jeder seiner Angriffe geht ins Leere. Und plötzlich steigt sie von unten in seinen Sprung hinein und erwischt ihn mit einem harten Tritt zwischen den Beinen, der schon beim Zuschauen wehtut.

Der Rote Ninja stürzt ab. Und Kat-Ana lässt sich Zeit, bis er taumelnd und zusammengekrümmt wieder auf die Beine kommt, die Hände zwischen die Schenkel gepresst. Dann rammt sie ihm zweimal den

Ellbogen an die Schläfe. Dem Ninja ploppen die Augäpfel aus dem Schädel.

»KILLING STRIKE!«

Der Todesstoß ist verkündet, das Match wird durch einen Fanfarenstoß beendet, der im stürmischen Jubel der Kids in der Ecke untergeht. Auf der Bestenliste springt Kat-Anas Name auf Rang neun.

»Jede Woche wird der beste Kämpfer zum Status eines Elite-Gamers befördert und wechselt dann in den Bereich für Spezialprojekte«, erklärt Vince. »Und wer die Spezialprojekte erfolgreich bewältigt, darf in die Große Arena – und erhält dort die Chance, um die VK-Krone zu kämpfen.«

Eifriges Gemurmel unter den neuen Rekruten. Die Krone! Der ultimative Preis. Siegesprämie zehn Millionen. Plus: dein Name in der VK-Ruhmeshalle, der Warrior Hall of Fame.

Vince führt uns einen von LEDs erhellten Flur entlang zu einer Doppeltür mit der Aufschrift TRAININGSZONE. Wir treten ein – eine riesige, runde Halle. Drei Männer in weißen VK-Uniformen stehen an einem Kontrollmodul, das sich mitten im Raum befindet und aus mehreren übereinander angeordneten Reihen von Monitoren besteht. Offenbar mit größter Konzentration verfolgen sie, was sich auf den Monitoren abspielt.

»Diese Männer sind Analysten«, erklärt uns Vince. »Sie bewerten jeden einzelnen eurer Kämpfe, geben euch Tipps und wählen eure Trainingsprogramme aus. Und während ihr ständig eure Fertigkeiten verbessert, testet ihr zugleich unsere neuen Virtual-Kombat-Spielvarianten bis an ihre Grenzen.«

Verwundert gleitet mein Blick durch die Halle: Hunderte Türen befinden sich in drei Ebenen an den Wänden der Halle. Auf jeder Tür prangt eine große Nummer, mit Ausnahme einer einzigen auf der untersten Ebene, an der »KEIN ZUTRITT FÜR UNBEFUGTE« steht.

Einer der Analysten, ein blasser, teigiger Mann, wendet sich an uns. »Eure PlayPods befinden sich in einzelnen Kammern. Auf diese Weise können wir sowohl euch als reale wie auch als virtuelle Person in einer kontrollierten Umgebung beobachten.«

Tür 36 geht mit leisem Zischen auf. Alle Blicke richten sich auf ein Mädchen mit kurzem schwarzem Haar, einem Piercing im Nasenflügel und dickem schwarzem Eyeliner. Als sie näher kommt, kann ich ihren Namen auf dem Rücken lesen – KAT-ANA. Sie sieht irgendwie cool aus, ist aber keine Lara Croft.

Einen Augenblick später gleitet eine Tür auf Ebene zwei auf. Ein wilder orangefarbener Haarschopf fällt mir als Erstes auf. Er gehört einem Jungen, der mit rotem Gesicht und blutunterlaufenen Augen aus dem Raum stolpert, nach vorn gekrümmt und die Hände zwischen die Schenkel gepresst. Das muss wohl der Rote Ninja sein.

»Das ist nicht fair!«, brüllt er zu Kat-Ana herüber. »Du hast mich in die Ei... Oh! Mr Power.«

Roter Ninja reißt sich zusammen und salutiert vor Vince, dann steigt er steifbeinig die Treppe herab und geht zu den Analysten am Kontrollmodul. Auch Kat-Ana steht bei einem Analysten, der ihren Kampf bewertet. Vince ruft sie zu uns herüber.

»Einer unserer aufsteigenden Stars«, sagt er und legt ihr stolz die Hand auf die Schulter.

Sie nickt uns kühl zu.

»Na, was ist?«, fragt uns Vince mit einem boshaften Funkeln in den stahlblauen Augen. »Wer ist mutig genug, gegen Kat-Ana anzutreten?«

7
Schmerzbegrenzer

Bei seiner Spezialeinheit hat sich mein Vater immer an das Motto gehalten: WER WAGT, GEWINNT.

Und wie er gehöre ich nicht zu den Leuten, die bei den geringsten Problemen sofort davonlaufen. Egal, wie schlecht meine Chancen stehen.

Ich trete vor.

Tür 12 gleitet auf und ich setze mich in einen silbernen PlayPod.

Vince Power und ein Analyst begleiten mich in den Raum.

»Wofür sind die Gurte?«, frage ich, als mich der Analyst auf dem Sitz mit Klettgurten festschnallt.

»Wir testen die neueste Generation des VK-Systems, Version 2.0«, erklärt mir der Analyst. »Dein Gehirn wird nicht mehr in der Lage sein, zwischen real und virtuell zu unterscheiden. Bis du dich an VK2 gewöhnt hast, könnte es sein, dass dein Gehirn deinem realen Körper dieselben Befehle gibt wie dem Körper deines Avatar. Die Gurte sind nur zu deiner eigenen Sicherheit.«

Ich runzle die Stirn und schaue Vince fragend an.

Er nickt. »Wenn irgendwelche Probleme auftreten,

drückst du einfach hier auf die rote ESCAPE-Taste auf dem Gürtel deines Avatar.« Er schenkt mir sein perfektes Lächeln. »Dadurch wird die Verbindung zum VK-Server sofort unterbrochen.«

Ein rot leuchtender Scanner fährt über mein Gesicht. Das Hoodie senkt sich auf meinen Kopf herab. Ich sehe einen Lichtblitz und habe das Gefühl, ins Leere zu fallen.

Und es verschlägt mir den Atem, als plötzlich vor meinen Augen ein Wald buchstäblich aus dem Nichts explodiert. Ich rieche Tannenbäume, Frühlingsblumen, spüre sogar eine kühle Brise im Gesicht.

Es ist … seltsam, nein: unheimlich. Als würde ich plötzlich in einem Traum leben. Oder in einem Traum im Traum.

Ich schaue an mir hinunter. Die rote ESCAPE-Taste am Gürtel beruhigt mich ein wenig. Das hier ist die Spielwelt. Alles nur ein Spiel.

Kat-Ana wartet schon auf mich, das Schwert steckt quer über ihrem Rücken in der Scheide. Jetzt, aus der Nähe, sehe ich, dass ihr Avatar-Gesicht genau wie ihr reales Gesicht aussieht. Das muss wohl auch bei mir so sein. Unsere Gesichtszüge wurden gescannt und auf unsere Avatare hochgeladen.

»Läufst wohl immer ohne Hemd rum, wie?«, fragt sie, als sie heranschlendert und mich abschätzig mustert.

Ich blicke an mir hinab und bewundere den prächtigen Sixpack und die durchtrainierten Muskeln. Ich trage nichts als eine weite Kampfhose und schwarze Sneakers.

Ohne jede Vorwarnung tritt mich Kat-Ana in den Bauch.

Ich krümme mich zusammen, bekomme keine Luft mehr. Ein Aufwärtshaken von Kat-Ana und schon küsse ich den Waldboden. Unglaublich scharfe Schmerzen rasen durch meinen Schädel, ich schmecke Blut auf den Lippen. In blinder Panik drücke ich auf die ESCAPE-Taste.

Der Wald fällt zu einem winzigen Punkt zusammen, der kurz aufblitzt und dann völlig verschwindet.

Das Hoodie hebt sich von meinem Kopf. Ich schnappe nach Luft. »Da stimmt was nicht! Ich habe richtige Schmerzen gespürt!«

Vince grinst auf mich herab. »Aber du kennst doch bestimmt unseren Werbeslogan, oder?«

Und da fällt er mir wieder ein.

SO REAL, DASS ES SCHMERZT

»Genau deshalb wird VK2 realistischer als jedes andere Kampfspiel sein «, erklärt mir Vince. »Da spürst du den Nervenkitzel *und* die Schmerzen.«

Ich reibe mir das Kinn, wo ich immer noch einen dumpf pochenden Schmerz spüre.

»Dein Körper erleidet keinen Schaden, aber möglicherweise spürst du noch eine Weile die Nachwirkungen, bis sich dein Gehirn wieder angepasst hat«, sagt der Analyst. Er prüft meinen Puls. »Aber das geht schnell vorbei.«

»Aber ich wurde nicht *wirklich* geschlagen.«

»Mit jedem erfolgreichen Schlag, jedem gelösten Rätsel, jedem im Spiel getöteten Gegner sendet das Hoodie bestimmte elektrische Impulse an dein Gehirn, die die richtigen Chemikalien freisetzen und so ein Hochgefühl bei dir auslösen«, fährt der Analyst fort. »Aber wenn du geschlagen wirst, werden stattdessen deine Schmerznerven aktiviert.«

»Zuckerbrot und Peitsche!«, wirft Vince gut gelaunt ein. »Der ultimative Kick bei einem Spiel! Herausforderungen, Schlachten, Zweikämpfe bekommen eine ganz neue Bedeutung und werden viel spannender. Das Hochgefühl bei einem Sieg wird viel intensiver erlebt. Und das macht süchtig: Der Spieler will auf keinen Fall verlieren – koste es, was es wolle.«

»Keine Sorge«, ergänzt der Analyst und schiebt mich wieder auf den Sitz zurück. »Wir haben in jedem Programm einen Schmerzbegrenzer einprogrammiert.«

Mein Magen krampft, als sich das Hoodie wieder herabsenkt. Ich blinzle und schon kehrt der Wald zurück.

»Hast wohl noch nicht genug?«, lacht Kat-Ana.

Sie pflückt eine rosa Blume, riecht daran, schiebt

sie in ihr kurzes schwarzes Haar und beginnt mit süßer Kleinmädchenstimme zu singen: »London Bridge is falling down, falling down, falling down …«

Dieses Mal bin ich vorbereitet. Mit ihrem süß-lieben Getue kann sie mich nicht mehr täuschen. Ich gehe in Kampfstellung.

»Oh-oh«, sagt sie, immer noch lächelnd, und schnellt urplötzlich auf mich zu. Ihr Angriff ist brutal, und obwohl ich diesmal vorbereitet bin, muss ich meine gesamten Taekwondo-Fähigkeiten aktivieren. Ich blocke ihren Hieb mit der Handfläche ab und setze sofort mit einem Rückhandschlag nach. Aber sie taucht darunter weg und treibt mir das Knie in den Unterleib, ich kann förmlich meine Beckenknochen knacken hören und ein jäher Schmerz zuckt in mir hoch. Mein Energie-Level fällt auf 90 %.

Kat-Ana versucht es mit einem Roundhouse-Kick. Ich blocke ihn mit dem Schienbein und schwinge mein Bein nahtlos in einem Spinning-Sweep-Kick herum. Damit erwische ich sie auf Knöchelhöhe und fege die Beine unter ihr weg. Sie kracht auf den Boden. Ein gewaltiger Adrenalinstoß schießt durch meinen Körper. Kat-Anas Energie-Level fällt um 20 %.

»Nicht schlecht für einen Anfänger«, gibt sie zu und kommt mit einem Sprung auf die Füße. »Aber damit kannst du dich nicht retten.«

Sie greift noch ungestümer an als zuvor. Ich breche unter ihren Angriffen schier ein. Energie-Level 75 %.

Schmerzen rasen durch meinen Körper, als sie einen Treffer nach dem anderen landet. 60 %. Schließlich gelingt es mir, ihren Ansturm abzuwehren und sie vor mir herzutreiben. Ich schaffe es sogar, ein paar wirkungsvolle Schläge zu landen. Einige Augenblicke lang verdrängt das Hochgefühl meine Schmerzen. Aber bald zeigt sich, dass sie zu schnell für mich ist.

Sie duckt sich unter meinen Hieben weg, taucht neben mir auf und landet einen brutalen Roundhouse-Kick. 45 %. Dann ein Nierenschlag, der mich in die Knie zwingt. 35 %.

Bevor ich mich wieder aufrappeln kann, zieht Kat-Ana das Schwert aus der Scheide.

»NEIN!«, brülle ich.

Aber es ist schon zu spät. Mit einem mächtigen Hieb schlägt sie mir den Kopf ab.

»KILLING STRIKE!«

Ich schreie, als mein Körper buchstäblich von weiß glühendem Schmerz zerrissen wird.

Dann: nichts. Ich bin zurück in der realen Welt.

»Hmmm … nicht übel«, sagt Vince anerkennend, als ich benommen durch Tür Nr. 12 taumle und mir den Nacken reibe. »Neue Kämpfer überleben meistens nur für ein paar Sekunden.«

Mir kommt es tatsächlich nur wie ein paar Sekunden vor. Aber die Uhr an der Wand zeigt, dass ich über fünf Minuten lang eingeloggt war.

Ein Gong ertönt. »Mittagessen«, verkündet Vince.

»Und ich muss mich jetzt leider von euch verabschieden.«

Nachdem er gegangen ist, führen uns zwei Wärter in die Große Halle zurück. Sie ist zum Bersten gefüllt mit jugendlichen Kämpfern. In der Schlange vor der Essensausgabe entdecke ich Kat-Ana und gehe zu ihr hinüber.

»Das war völlig unnötig, mir den Kopf abzuschlagen!«, beschwere ich mich. Tatsächlich spüre ich immer noch ein unangenehmes Brennen, wo die Klinge durch den Nacken meines Avatars gedrungen ist.

»Och, du Armer. Bist wohl ein schlechter Verlierer, wie?«, fragt sie spöttisch und reicht mir ein Tablett. »Ist doch nur ein Spiel. Und überhaupt solltest du mir dankbar sein – ohne deine Fresse siehst du entschieden besser aus!«

Bevor mir eine scharfe Erwiderung einfällt, sagt sie freundlich: »Probier mal den Sub-Fisch.« Sie wirft mir eine Kusshand zu. »Schmeckt total echt.«

8

Der Haken an der Sache

»Bitte schön, mein Lieber«, lächelt die freundliche Wärterin und häuft mir eine extragroße Portion Sub-Fisch auf den Teller. »Du siehst aus, als müsste man dich erst mal ein bisschen aufpäppeln.«

Ich bedanke mich und schlendere zwischen den voll besetzten Tischen hindurch, auf der Suche nach einem freien Platz. Roter Ninja winkt mir zu und rutscht ein wenig zur Seite, um mir Platz zu machen. Dankbar nehme ich die Einladung an.

»Hab gehört, Kat-Ana hat deine Frisur nicht gefallen?«, kichert er und schlürft seinen *Synapse*-Drink, Kirscharoma.

»Wenigstens durfte ich meine Augäpfel behalten«, gebe ich zurück.

Roter Ninja lacht und reibt sich die immer noch gereizten Augen.

»Wie kommt es eigentlich, dass sie eine Waffe tragen darf?«, frage ich und deute mit dem Kopf auf Kat-Ana, die uns gegenübersitzt.

»Das ist ein Mod«, erklärt er. »Jede Trainingseinheit und jeder gewonnene Zweikampf bringt dir Punkte. Mit den Punkten kannst du dann Mods und Power-

Ups kaufen und damit deine Spielchancen aufmotzen. So ein Samurai-Schwert ist allerdings nicht ganz billig. Dafür brauchst du eine Menge Punkte.«

»Was gibt es sonst noch zu kaufen, als Ausrüstung, meine ich?«, frage ich.

Roter Ninja grinst. »Was auch immer sich ein böser Knabe wie du einfallen lassen kann! Ich hab mir explodierende Wurfsterne gekauft. Die Dinger richten echt großen Schaden an! Ich zeig sie dir, wenn du Lust auf einen Zweikampf hast.«

»Klingt echt verlockend«, sage ich. Aber für heute reicht mir ein abgeschlagener Kopf. Ich bin nicht so scharf darauf, mir auch noch andere Körperteile wegpusten zu lassen.

Roter Ninja beugt sich zurück, um den Namen auf meinem Rücken lesen zu können.

»Wie kommst du bloß auf die Idee, deinen Avatar Scott zu nennen?«, fragt er.

»Das ist mein echter Name«, sage ich ein wenig mürrisch, weil ich mich ärgere, dass mir kein besserer eingefallen ist.

Kat-Ana blickt von ihrem Teller auf. »Ich finde es nicht blöd, einen Link zur Realität zu behalten. Wenn du zu viel Zeit mit dem Spielen verbringst, versinkst du in der falschen Welt und vergisst, was real ist und was nicht.«

»Und wie heißt du wirklich?«, frage ich sie.

Sie lächelt mich an. »Nicht schwer zu erraten: Kate.«

Ich schaue Roter Ninja an. »Und du?«

»Ich brauche keinen anderen Namen«, antwortet er, deutet auf seinen karottenfarbenen Haarschopf und vollführt einen blitzschnellen Karateschlag durch die Luft.

Kate rollt die Augen. »Siehst du, was ich meine? Ich wette, er erinnert sich nicht mal mehr an seinen richtigen Namen.«

Roter Ninja achtet nicht auf sie und schlürft einen weiteren Schluck *Synapse*.

»Okay, Kate, worum geht es hier eigentlich?«, frage ich. »Wir testen ein paar Spiele, und dafür kriegen wir was zu essen und ein Dach überm Kopf?«

»So ungefähr.«

Ich schaue mich unter den Hunderten anderer Kids um, die alle gierig ihr Essen hinunterschlingen. »Das alles ist fast zu schön, um wahr zu sein. Wo ist der Haken bei der Sache?«

»Ich habe ihn noch nicht entdeckt.«

»Aber wozu brauchen sie *so viele* Tester?«

»Mir doch egal«, mischt sich Roter Ninja ein und schaufelt noch mehr Sub-Fisch in den Mund. »Solange ich was zu essen kriege, spiele ich. Kein Vergleich zum Leben auf der Straße.«

Kate nimmt ihr Tablett und steht auf. »Ich zeige dir, wo der Recyclingschacht für das Geschirr ist.«

Ich folge ihr zu den Entsorgungsschächten.

Kate blickt sich verstohlen um. Ein Wärter mit

strengem Gesicht nähert sich. Sie wartet, bis er außer Hörweite ist, dann flüstert sie mir zu: »Die Sache hat natürlich einen Haken: Virtual Kombat macht süchtig. Und ist tödlich.«

»Warum spielst du dann immer noch mit?«, frage ich. Plötzlich habe ich das Gefühl, dass wir beobachtet werden.

»Man muss weiterspielen, wenn man hier rauskommen will.«

Als sich der Wärter wieder nähert, lässt Kate ihr Tablett in einen der Schächte fallen.

»Hier wirft man das ganze Tablett hinein«, erklärt sie mit normaler Lautstärke. Aber bevor sie davongeht, flüstert sie mir zu: »Ein Rat unter Freunden: Vergiss nie, wer du bist.«

9

Trigger Time

Der Analyst reicht mir meine Trainingsauswertung.

Meine Performance: 5 von 10 Punkten. Keine Glanzleistung.

Monster, ein brasilianischer Jiu-Jitsu-Ringer, hat mich beim letzten Zweikampf auf die Matte geworfen. Mein Rücken schmerzt immer noch von dem Power-Kick, mit dem er den Kampf zu Ende brachte.

Inzwischen bin ich seit zwei Monaten dabei und habe mich bis in die oberen Ränge der Liga hochgearbeitet. Aber es fällt mir schwer, meinen Platz zu verteidigen. Und das, obwohl ich mir ein Mod und ein Power-Up erkämpft habe. Das Mod ist ein Paar Kevlar-Armschützer, mit denen ich jede Klinge abwehren kann. Und das Power-Up ist ein Mega-Punch, der meine Schläge härter macht, sodass ich mit jedem Schlag die dreifache Wirkung erziele. Allerdings kann ich ihn in jedem Spiel nur ein Mal einsetzen.

Nichts davon hat mir gegen Monster geholfen. Wie Kat-Ana bewegt auch er sich mit atemberaubender Schnelligkeit, zu schnell, als dass ich ihn wirkungsvoll treffen könnte.

»Was geht ab, Mann?«, fragt Roter Ninja, als ich in

die Chillzone komme und mich neben ihm und Kat-Ana erschöpft auf einen Sitzsack fallen lasse.

»Was ich auch probiere, sie machen mich regelmäßig fertig, bis hin zum Todesstoß«, gestehe ich den beiden.

Kate liest in einem E-Magazin für Avatar-Mode. Sie blickt auf. »Deine Technik ist gut«, sagt sie. »Aber das reicht nicht, solange du Trigger Time nicht beherrschst.«

Ich runzle die Stirn. »Trigger Time? Davon steht nichts in meinem Analyse-Bericht.«

Sie lacht leise. »Wundert mich nicht. Die Analysten wissen nämlich nichts davon. Es gehört nicht zum offiziellen Spielprogramm.« Sie springt auf. »Komm mit, ich zeig's dir.«

»He! Du hast versprochen, es mir beizubringen!«, beschwert sich Roter Ninja.

Kate ist bereits auf dem Weg zur Tür. »Du bist noch nicht so weit«, sagt sie über die Schulter.

Jede Faser meines gequälten Körpers weigert sich, den bequemen Sitzsack zu verlassen. Ich habe drei Stunden ununterbrochener Kämpfe hinter mir, sogar mein Gehirn schmerzt wie ein gezerrter Muskel. Virtual Kombat ist nicht einfach Training, es ist Hochleistungstraining. Dein Verstand *glaubt*, dass dein Körper die ganzen Kämpfe tatsächlich durchgestanden hat. Nach der ersten Woche fühlte ich mich, als sei ich einen Marathon über die volle Distanz gelaufen und anschließend von einem SUV überrollt worden.

Mittlerweile komme ich zwar mit der Reaktion meines Gehirns besser zurecht, trotzdem fühle ich mich nach jeder Trainingseinheit vollkommen erschöpft. Aber ich kann nicht widerstehen – vielleicht bin ich tatsächlich schon ein wenig süchtig.

Wir betreten die Trainingszone. Am Kontrollmodul stehen keine Analysten.

»Mittagspause«, sagt Kate. »Aber wir können uns trotzdem einloggen.«

Sie berührt einen der Touch-Screens und zwei PlayPod-Türen öffnen sich surrend.

»Wohin führt eigentlich diese Tür?«, frage ich und gehe zu der Tür mit der Aufschrift »ZUTRITT FÜR UNBEFUGTE VERBOTEN«.

Kate zuckt die Schultern. »Die Wärter mögen es nicht, wenn man herumschnüffelt.«

»Vielleicht führt sie nach draußen?«, murmle ich.

»Neugierige Ratten verbrennen sich die Tatzen«, sagt sie, als ich versuche, die Tür zu öffnen.

»Katzen.«

»Was?«

»Neugierige *Katzen* verbrennen sich die Tatzen.«

»Klugscheißer. Ratte, Katze, egal. Zu viel VK und du bringst ständig Wörter durcheinander.«

»Sowieso abgeschlossen«, sage ich und wende mich von der geheimnisvollen Tür ab.

Wir steigen in unsere PlayPods und fahren das System hoch.

Ein Schießstand erscheint, sogar die Waffen sind schon vorhanden. Kat-Ana steht neben mir.

»Nimm die hier«, sagt sie und reicht mir eine Pistole. Dann geht sie zum anderen Ende der Schießanlage und dreht sich zu mir um. »Erschieß mich.«

»Was?«, rufe ich ihr verblüfft zu. Ich will die Pistole nicht auf sie anlegen. Ich weiß, es ist nur eine Spielwelt, aber irgendwie kommt es mir nicht richtig vor. »Tut das nicht ziemlich weh?«, frage ich.

»Los, mach schon!«

Ich ziele und drücke auf den Abzug. PENG! Kat-Ana beugt den Oberkörper blitzschnell zur Seite. Ihr Avatarkörper flackert ein wenig, als die Kugel in der Zielscheibe hinter ihr einschlägt.

»A-aber das ist … unmöglich!«, rufe ich.

»Nicht im VK. Das ist eine computergenerierte Welt, die dir in den Kopf gepflanzt wurde. Es ist nur unmöglich, weil du *glaubst*, dass es unmöglich ist.«

Sie kommt wieder heran und reicht mir eine schusssichere Weste. »Zieh die Weste an, sonst wirst du dich ziemlich übel fühlen, wenn ich mit dir fertig bin.«

»Aber du willst doch nicht auf mich schießen?«

»Was denn sonst? Wenn du Trigger Time richtig beherrschen willst, muss dein Verstand schneller sein als das Programm, wenn es eine Information an dein Hirn schickt.«

»Kommt mir ziemlich schwierig vor«, sage ich, während sie mich vor der Zielscheibe positioniert.

»Ist es auch. Aber wenn man sich wirklich darauf konzentriert, kann man sich tatsächlich die Spielregeln ein wenig zurechtbiegen. Zum Beispiel, indem man die virtuelle Zeit verlangsamt.« Sie richtet die Pistole auf mich. »Stell dir eine richtig intensive Meditation vor. Konzentriere dich so stark wie möglich auf die Waffe und auf meine Bewegungen. Du musst lernen, alles zu sehen. Sogar bevor es passiert.«

Inzwischen läuft mir der Schweiß über die Stirn. Das schwarze Loch zielt direkt auf meine Brust. »Aber woher weiß ich, ob ich es richtig mache?«

»Wenn du es richtig machst, kommt es dir so vor, als würde dich dein Gegner in Zeitlupe angreifen. Aber du selbst musst dich mit normaler Geschwindigkeit bewegen. Damit kannst du *jedem* Schlag ausweichen und sogar den schnellsten Gegner treffen.«

Sie feuert.

Ich sehe die Kugel nicht mal. Aber ich spüre, wie sie in meine Brust kracht. Der Schlag ist so heftig, dass er mich umwirft.

»Konzentriere dich!«, ruft mir Kat-Ana zu, während sie nachlädt.

Ich rapple mich auf und reibe die schmerzenden Rippen. Konzentriere mich wieder auf sie. Sie hebt die Pistole, zielt … ihre Bewegungen kommen mir ein wenig langsamer vor. Aber das bilde ich mich vielleicht nur ein.

PENG. Wie ein wütender Stier erwischt mich die Kugel an der Seite der Brust und wirbelt mich herum. Aber ich bleibe auf den Füßen.

»Besser«, sagt sie. »Wenigstens hast du dich dieses Mal bewegt.«

Die Schmerzen helfen mir, mich zu konzentrieren. Mein ganzes Bewusstsein ist auf Kat-Ana gerichtet. Ich zerlege ihre Bewegungen buchstäblich in einzelne Elemente. Wie sie die Hand hebt. Zielt. Den Finger auf den Abzug legt. Wie sich der Fingermuskel spannt. Wie sie abdrückt. Wie die Waffe zündet. Wie das schwarze Mündungsloch aufleuchtet. Ein tiefes, lang gezogenes, hallendes BUUUMMM. Die Kugel erscheint. Fliegt durch die Luft ... langsam ... auf mich zu.

Ich bewege mich zur Seite.

Die Kugel fliegt an mir vorbei.

Schlägt in die Zielscheibe ein.

Mit einem einzigen, harten Knall holt die Zeit sich selbst wieder ein. Geräusche klingen urplötzlich wieder normal und Kat-Ana bewegt sich mit normaler Geschwindigkeit.

»Sehr gut!«, ruft sie mir zu. »Jetzt hast du es schon ein Mal geschafft. Nächstes Mal wird es dir viel leichter vorkommen.«

Sie drückt auf ihren ESCAPE-Knopf und verschwindet.

Die Arena blitzt kurz auf und verschwindet ebenfalls.

»Netter Trick«, sage ich, als wir zum Speisesaal zurückgehen. »Aber was nützt er mir, wenn ihn jeder ständig anwendet?«

»Du kannst ihn nur ein paar Sekunden lang aufrechterhalten«, erklärt sie mir. »Für das Gehirn bedeutet Trigger Time einen unglaublichen Stress. Deshalb musst du dir immer genau den richtigen Moment aussuchen.«

»Aber ich weiß jetzt, wie er funktioniert. Hast du keine Angst, dass ich dich schlagen könnte?«

»Keine Chance«, sagt sie grinsend. »Ich muss nur noch einen Zweikampf gewinnen, dann bin ich Elite-Gamerin. Wenn ich siege, rücke ich auf Rang eins der Liga. Und dann bin ich hier raus. Spezialprojekte! Die Krone! Ruhm und Reichtum, Baby. Ruhm und Reichtum!«

Mir bleibt buchstäblich der Mund offen stehen. Aber nicht wegen ihrer Prahlerei.

Direkt vor mir, bei der Essensausgabe, steht Shark.

10

Abfackeln

Er drängt mich in die Ecke.

Kommt immer näher, hebt die Faust. Ich tauche unter dem Schlag weg, erwidere ihn mit einem Aufwärtshaken. Der schleudert ihm zwar den Kopf zurück, aber Shark greift sofort wieder an. Reißt das Knie hoch, rammt es mir in den Magen.

Während ich noch nach Luft schnappe, wirft mich sein Axe-Kick um. Er hebt den Fuß, um mir den Kopf zu zerschmettern, aber ich kann mich gerade noch zur Seite drehen. Seine Ferse zischt an meinem Kopf vorbei und kracht auf den Boden. Ich höre die Fliesen knacken.

Ich springe auf und trete ihn hart gegen die Brust. Er wird rückwärts gegen die Wand geschleudert. Aber ich gönne ihm keine Atempause. Sofort setze ich nach, wild entschlossen, den Kampf zu beenden.

Wie aus dem Nichts zieht Shark plötzlich den Blazer.

»Diesmal fackle ich dich ab!«, zischt er.

Blitzschnell schwingt er die Laserklinge herum, ich springe zurück, aber er erwischt mich quer über die Brust.

Höhnisch grinsend stößt er mir den Blazer in den Leib. Ich versuche, den Stoß abzuwehren, aber ich bin angeschlagen und zu langsam. Ich spüre, wie sich die Laserklinge in meinen Bauch bohrt, und brülle vor Schmerzen, als er die Klinge in der Wunde dreht.

»Das ist mein Dank dafür, dass ich noch zwei Monate länger auf der stinkenden Straße leben musste!«, brüllt er.

Er reißt den Laser aus der Wunde. Hilflos muss ich mitansehen, wie er zum Todesstoß ausholt. Sein Gesicht ist vor Wut verzerrt. Die Laserklinge leuchtet in grellem Orange auf. Dann schwingt sie wie ein tödlich glühender Komet seitwärts auf meinen Hals nieder.

Ich konzentriere mich … und plötzlich sehe ich alles in Zeitlupe.

Mit dem letzten Rest meiner Kraft rolle ich mich zur Seite, aktiviere meinen Mega-Punch. Meine Faust kracht gegen seine Schläfe. Seine Augen rollen in den Höhlen herum wie Kugeln in einem Glücksspielautomaten. Jackpot.

»KILLING STRIKE!«, dröhnt die Stimme des VK-Ringmeisters.

Die Arena schrumpft zu einem Punkt zusammen, der kurz aufblinkt und erlischt.

Während ich aus meinem PlayPod steige, pocht mein Bauch vor Schmerzen, als steckte die virtuelle Klinge immer noch in meinen Eingeweiden. Aber der Adrenalinstoß, den mein Sieg bewirkt, vertreibt den

Schmerz schnell. Und dass ich Trigger Time zum ersten Mal in einem Kampf anwenden konnte, fühlt sich absolut sagenhaft an. Ich habe zwei Wochen lang hart trainiert, um die Technik zu perfektionieren.

Shark taumelt aus seinem PlayPod und hält sich den schmerzenden Kopf. Der Verlierer. Kein Sieg, kein Adrenalinstoß.

Als wir zum Kontrollmodul gehen, schaut er mich wütend an und spuckt mir ins Gesicht.

»Keine Ahnung, wie du es geschafft hast, mich zu schlagen. Aber verlass dich drauf: Bald kriege ich dich. Und dann, Kumpel, fackel ich dich ab.«

11

Verschollen

»Hast du Kate gesehen?«, frage ich.

Roter Ninja wendet den Blick keine Sekunde von der Videowand ab. VK-Primetime. Der Zerstörer hat sich schon wieder um einen Platz verbessert. Entsetzt muss ich feststellen, dass er Spider getötet hat, einen Taekwondo-Kämpfer aus Korea.

»Nö«, antwortet er nur und schiebt sich einen weiteren *Zing*-Riegel in den Mund. »Nicht, seit sie zum Training für den Zweikampf morgen gegangen ist.«

Ich laufe zur Trainingszone hinunter, aber Kate ist nicht eingeloggt. Vielleicht ist sie heute früher als sonst schlafen gegangen.

Aber auch beim Frühstück ist sie nirgends zu sehen. Allmählich mache ich mir Sorgen. Ich suche sie im Schlaftrakt, in der Trainingszone und schließlich in der Chillzone.

»Hat einer von euch Kate gesehen?«

Ringsum gleichgültiges Kopfschütteln.

»Kat-Ana?«, frage ich noch einmal. Es nervt mich, wie desinteressiert alle hier sind.

Shark widmet mir sein Haifischgrinsen. »Hast wohl deine Freundin verloren, wie?«

»Sie ist nicht meine Freundin«, fauche ich wütend. »Und warum grinst du eigentlich immer so blöd?«

»Nichts, nichts«, sagt Shark, aber seine Augen glitzern verschlagen.

»Ich glaube, Kat-Ana hat es zum Elite-Status geschafft«, sagt schließlich Hexe und deutet auf die Bestenliste.

Kates Name ist nicht mehr aufgeführt.

»Hast du ihren letzten Zweikampf gesehen?«, frage ich weiter.

Hexe schüttelt den Kopf.

Ich wende mich wieder an alle. »Gegen wen ist sie angetreten? Hat denn *keiner* den Kampf gesehen?«

Kopfschütteln, Schweigen. Kate wird vermisst, aber das scheint diesen Typen hier völlig egal zu sein. Irgendwie sind alle total von der Rolle, VK-high. Okay, eine Menge Kids durchlaufen das Kombat-System. Sie kommen hierher und verschwinden wieder. Aber in diesem Fall stimmt etwas nicht. Normalerweise lockt ein Zweikampf-Finale eine Menge Zuschauer in die Chillzone.

»Vielleicht ist sie schon zu den Spezialprojekten gewechselt?«, meint Hexe.

»Das hätte sie mir gesagt.«

»So sind sie eben, die Tussis«, kommentiert Roter Ninja und verdreht vielsagend die Augen.

Von den Wärtern erfahre ich auch nichts. »Sie hat sich wohl qualifiziert«, sagen sie nur. Nicht einmal die freundliche Wärterin in der Küche kann mir weiterhelfen.

Vielleicht mache ich mir völlig unnötig Sorgen. Aber ich dachte wirklich, dass wir Freunde wären. Und dass sie sich wenigstens verabschieden würde.

Während der folgenden Tage verfolge ich jede VK-Abendshow. Ich hoffe, Kat-Ana in der Großen Arena zu sehen, aber ihr Name erscheint nirgends.

»Hey, Scott«, flüstert mir Hexe zu, als wir eine Woche später beim Abendessen anstehen. »Ich hab gehört, Shark hat es auf dich abgesehen.«

Ich nicke nur, will ihr nicht zeigen, wie beunruhigt ich bin.

»Es gibt da ein Gerücht, dass er irgendwie einen Blazer hier hereingeschmuggelt hat«, fährt sie fort. »An deiner Stelle würde ich vorsichtig sein.«

Ich parke am Tisch neben Roter Ninja, aber eigentlich ist mir der Appetit vergangen. Shark sitzt drei Tische entfernt und verschlingt ein riesiges Sub-Beefsteak mit Pommes und Gemüse. Sub-Beef ist Rindfleischersatz, aber das Zeug ist so sehr mit Proteinen und Booster vollgepumpt, dass es für uns VK-Kämpfer die reinste Kraftbombe ist.

Abfackeln.

Nur eine Frage der Zeit. Ich werde ihm nicht ewig ausweichen können. Ich muss hier raus.

Aber wie? Die Wärter sind extrem wachsam, an ihnen kommt man nicht so leicht vorbei.

Waisenhaus? Wohl eher nicht. Es kommt mir immer mehr wie ein Gefängnis vor und nicht wie ein Zuhause.

Kate sagte, der einzige Weg nach draußen führe durch das Spiel. Und jetzt scheint es sogar schon zum zweiten Mal, als ob mein Leben davon abhinge.

12

Elite-Gamer

»Gratuliere«, sagt der Analyst gleichgültig und in gelangweiltem Ton, »du bist jetzt die Nummer eins der Liga und hast es zum Elite-Gamer geschafft.«

Am liebsten würde ich einen Freudentanz aufführen. Aber dafür bin ich viel zu erschöpft. Ich habe drei Wochen härtestes VK-Training hinter mir. Drei Wochen, die sich endlich auszahlen. Jetzt werde ich zu den Spezialprojekten versetzt. Und vielleicht kann ich dann herausfinden, was aus Kate geworden ist.

Aber wie auch immer, ich bin unendlich froh, das tägliche Katz-und-Maus-Spiel mit Shark hinter mir zu lassen. Jeden Tag habe ich versucht, ihm aus dem Weg zu gehen. Ich habe fast ununterbrochen trainiert. Und ansonsten habe ich mich nur im Speisesaal oder in der Chillzone aufgehalten, wo es ständig von Leuten wimmelte. Habe dafür gesorgt, dass ich nie allein war. Unsere Schlafplätze liegen auf verschiedenen Stockwerken, aber sogar nachts habe ich ständig aufpassen müssen.

Nicht leicht, wenn einem das Hirn so sehr mit VK zugedröhnt wird, dass man sich kaum noch erinnern kann, wer man in Wirklichkeit ist.

Ich gehe zu den Duschräumen, um mich vor dem Abendessen ein wenig frisch zu machen.

Gerade als ich in einen sauberen Kampfanzug steige, höre ich ein drohendes Brummen. Ein orangefarbenes Schimmern spiegelt sich an den glänzenden Stahltüren der Spinde. Ein Blazer?

Ich wirble herum und entdecke, dass der Umkleideraum plötzlich leer ist. Keiner mehr da.

Und dann kommt Shark um eine Ecke.

»Schluss mit den Spielchen«, zischt er. »Das hier ist echt.«

Ich weiche zurück. Es gibt nur einen Ausgang und der wird von Shark versperrt.

Ich reiße mein Handtuch vom Haken und wickle es mir um die Finger. Vielleicht gewinne ich damit eine Sekunde Zeit, bevor der Blazer durch meine Hand brennt.

Gerade als Shark mit der Laserklinge ausholt, ist ein lautes Summen zu hören. Die Tür gleitet auf. Shark schaltet den Blazer aus und lässt ihn unter der Kleidung verschwinden, so schnell er kann.

»Scott!«, bellt ein Wärter. »Spezialprojekte. Mitkommen!«

Ich schiebe mich grinsend an Shark vorbei, dem die Wut förmlich aus den Augen sprüht. Er hat seine letzte Chance verpasst, mich abzufackeln.

Ich bin raus.

Als mich der Wärter einen Flur entlang und an der Chillzone vorbeiführt, entdecke ich Hexe und winke ihr zu. Es gibt sonst niemanden, von dem ich mich verabschieden müsste. Nachdem Kat-Ana nicht mehr in unserer Liga spielte, hat es Roter Ninja endlich auch auf den Spitzenplatz geschafft. Vor ein paar Tagen besiegte er Monster und gewann damit seinen letzten Zweikampf.

Der Wärter führt mich in die Trainingszone.

Tür 1 steht offen, der PlayPod ist aktiviert, das System hochgefahren. Ein Analyst sitzt daneben, bereit, mich einzuloggen.

»Das hier sind die Spezialprojekte?«, frage ich ein wenig verwirrt.

Der Analyst nickt und hilft mir, mich auf dem Sitz festzugurten.

»Aber gibt es für die Spezialprojekte keine eigene Zone?«

Ich mache mir ernsthaft Sorgen, dass Shark jetzt doch noch eine Chance bekommt, mich abzufackeln.

»Keine Angst«, sagt der Analyst, »du kommst nicht mehr zurück.«

Bevor ich weiterfragen oder protestieren kann, senkt sich das Hoodie über meinen Kopf.

Ein greller Lichtblitz. Das Gefühl, irgendwohin zu gleiten.

Ich bin eingeloggt. Und finde mich auf einem Schlachtfeld wieder.

13

Kein Entkommen

Ich stehe mitten auf einem großen Schlosshof. Ringsum tobt eine erbitterte Schlacht. Hunderte kämpfen mit Zähnen und Klauen gegeneinander. Das Kopfsteinpflaster ist glitschig von Blut. Der Schlosshof wird zum Schlachthof.

Multiplayer-Kombat. Genau wie in der großen VK-Abendshow, bei der Spieler aus der ganzen Welt um die Krone kämpfen.

Und schon greift mich ein Samurai-Schwertkämpfer an.

Ich blocke sein *Katana* mit dem Arm ab und setze mit einem schnellen Tritt gegen die Brust nach. Er taumelt, und bevor er wieder richtig auf die Beine kommt, erwischt ihn mein Spinning-Hook-Kick direkt am Kinn. Trotzdem holt er zu einem wilden Schwerthieb aus, aber mit einem harten Faustschlag an den Kopf schalte ich ihn aus. Sein Energie-Level blinkt auf und erlischt.

Der Sieg gibt mir den Auftrieb, den ich dringend brauche.

Schon springt ein furchterregender Maori-Krieger brüllend von der Schlossmauer herunter, sein vollkommen von schwarzen Tattoos bedecktes Gesicht ist zu einer wütenden Maske verzerrt. Er schwingt einen langen Taiaha, eine Speer-Keule.

Sein Kampfgebrüll lässt mich zusammenzucken, aber ich stelle mich ihm entgegen.

Er trommelt sich auf die Brust und faucht – dann greift er an.

Ich versetze ihm einen brutalen Front-Kick in den Unterleib, der aber null Wirkung zeigt. Sein gewaltiger Fausthieb zerschmettert mir fast das Gesicht und bricht mir das Nasenbein. Mein Energie-Level sinkt auf 80 %.

Die Wirkung ist enorm. Rasende Schmerzen pulsieren durch meinen Schädel, ein roter Schleier legt sich über meine Augen.

Der Krieger rammt mir das Knie in die Seite. Ich spüre eine Rippe brechen. Wieder ein entsetzlicher Schmerzstoß. 65 %.

Ich taumle rückwärts, stolpere über die Leiche des Samurai und stürze zu Boden. Der Maori reckt den Speer und rammt mir die Spitze in den Bauch. Ich schreie. Die Schmerzen sind unerträglich.

Wieso greift der Schmerzbegrenzer nicht ein? Noch nie hat sich der Kampf so schlimm angefühlt. So … *real*.

Mein Energie-Level stürzt ab auf 50 %.

Es ist, als würde ich sterben. 45 %.

Verzweifelt drücke ich auf den ESCAPE-Knopf am Gürtel.

Nichts geschieht. 40 %.

Die Schmerzen erreichen einen neuen Höhepunkt, als der Krieger den Speer herausreißt. 35 %.

Mein letzter, verzweifelter Rettungsversuch. Ich krieche davon.

Aber ich komme nicht weit. Der Maori packt mich am Knöchel und schleudert mich gegen die Schlossmauer. 25 %.

Mein Kopf kracht gegen die Steine. Es ist, als würde er in einem weiß glühenden Feuerball explodieren.

Mein Bewusstsein schwindet, trotzdem drücke ich noch einmal verzweifelt auf die Taste.

Es nützt nichts. Der Maori brüllt und hebt den Speer zum Todesstoß.

Doch plötzlich wirft sich eine Kämpferin in Shorts und T-Shirt zwischen uns. Ihr Samurai-Schwert schneidet durch seine Arme. Der Speer fällt herab, seine Hände umklammern noch immer den Griff. Auf der Energie-Anzeige des Maori flackert kurz das Wort »kritisch« auf, als das Blut aus seinen Armstümpfen schießt, dann schlägt ihm Kat-Ana mit einem letzten Hieb den Kopf ab.

Kat-Ana steckt ihr Schwert in die Scheide und fängt an zu singen.

»London Bridge is falling down, falling down, falling down …«

Mein Sehfeld löst sich in Pixel auf, es kommt zu Signalstörungen.

Kat-Ana schlägt mir rechts und links ins Gesicht. »Bleib bei mir.«

»Warum machst du das?«, schreie ich, verwirrt und vor Schmerzen fast wahnsinnig.

Sie zieht mich mit einem Ruck auf die Füße.

»Wir müssen hier raus«, sagt sie und zerrt mich an der Hand hinter sich her. Ich kann mich kaum auf den Beinen halten. Es geht in Richtung der Zugbrücke. »Und lass endlich die Finger von der bescheuerten Taste. Hier gibt es kein Escape.«

14

Realitätsschock

»Da muss irgendetwas schiefgelaufen sein«, keuche ich, während mir Kat-Ana hilft, mich auf den Boden einer Höhle zu legen.

Sie reicht mir zwei Medi-Packungen. Ich presse sie auf die Wunden, die sofort anfangen zu heilen. Nach ein paar Minuten ist mein Energie-Level wieder auf 75 % gestiegen.

»Nichts ist schiefgelaufen«, sagt sie. »Wir sind in der Großen Arena eingeloggt.«

Entgeistert starre ich sie an. Die Große Arena! Die ultimative Kampfumgebung von VK2! Eine ganze Serie miteinander verbundener Arenen, durch die man sich kämpfen muss, um zum Ziel zu gelangen: zur Krone.

»Aber ich sollte doch zu den Spezialprojekten kommen! Und nicht hierher!«

»Ich doch auch! Keiner von uns sollte hier sein!«

»Du meinst … es gibt noch andere?«

Kat-Ana nickt nur.

Ich setze mich auf. Mein Kopf dröhnt vor Schmerzen. »Fühlt sich so an, als sei mein Gehirn frittiert worden.«

»Wurde es auch. Da draußen wärst du fast gestorben«, erklärt sie mir.

»Aber das ist doch nur ein Spiel!«

»Nein.« Sie schaut mich ernst an. »Kein Spiel. Das hier ist Realität.«

»Was … was soll das heißen?«

»Als wir uns gestern nach dem Training trennten …«

»Kate!«, unterbreche ich sie. »Das war vor *vier Wochen*!«

Sie starrt mich geschockt an. Ihr Mund bleibt buchstäblich offen stehen. »Im VK verliert man jedes Zeitgefühl«, sagt sie langsam.

Sie lässt sich neben mir auf den Boden sinken und starrt geistesabwesend ins Leere. Schließlich beginnt sie wieder ›London Bridge‹ zu summen.

»Alles okay bei dir?«, frage ich.

Sie zuckt zusammen und schüttelt ihre Benommenheit ab. »Sorry. Jedenfalls, nachdem wir uns getrennt hatten, ging ich in die Trainingszone zurück. Die verbotene Tür stand offen. Und ich sah, wie sie einen Jungen auf einer Bahre hinausschoben. Sein Kopf war ganz schwarz und qualmte. Ich hörte einen der Analysten sagen, dass das Hoodie einfach zu stark sei. Und dass der Junge diese Woche schon der zweite ›Burn-out‹ sei.«

Als ich das höre, läuft mir ein kalter Schauder über den Rücken.

»Das VK2-Programm setzt unsere Gehirne einem

gewaltigen Stress aus«, fährt sie fort. »Und wenn er zu stark wird, brennt es durch – wie eine elektrische Sicherung.«

»Willst du damit sagen, wenn wir in der Großen Arena sterben, sterben wir auch in der realen Welt?«

»Scheint so.«

»Aber warum hast du das niemandem gesagt?«

Sie zuckt die Schultern. »Wollte ich doch! Aber anscheinend hatte ich zu viel gesehen und gehört. Als ich fliehen wollte, verschlossen sie sämtliche Türen. Sie zurrten mich in einem PlayPod fest. Und dann fand ich mich plötzlich in der Großen Arena wieder und musste um mein Leben kämpfen. Und meine ESCAPE-Taste war deaktiviert.«

Ich schlage voller Wut gegen die Wand. »Dann sind wir also für Vince Power nichts weiter als Laborratten!«

»So ungefähr. Aber wir sind nicht einfach da, um das Spiel zu testen. Wir selbst sind das Spiel.«

»Was? Wie meinst du das?«

»Du kennst doch den VK-Werbeslogan? JEDER FEIND HAT SEINEN EIGENEN WILLEN.«

Ich nicke, will aber nicht glauben, was sie mir damit sagen will. Ich *kann* es nicht glauben.

»*Wir* sind der Feind, Scott. Das ist der Grund, warum Vince Power so viele Kids braucht. Er verheizt sie. Uns. Wir sind das Futter für sein System. Und weil wir zum Spiel gehören, versuchen alle anderen VK2-Gamer auf der Welt, uns zu töten!«

15

Hintertür

»Wir müssen weiter, weg von hier«, sagt Kat-Ana und blickt besorgt über die Schulter.

Ich folge ihrem Blick. Hinter uns erstreckt sich eine lange, leere Straße.

»Warum?«, frage ich und stütze mich an einen Felsen. Mein Bauch schmerzt immer noch von den Angriffen.

»VK2 wird bestimmt Suchtrupps aussenden, Elektro-Bots, die uns zur nächsten Arena treiben sollen. Wir dürfen auf keinen Fall in neue Kämpfe verwickelt werden, solange unser Energie-Level nicht wieder auf 100 % steht. Das hier ist kein Training mehr, Scott! Du wirst alles brauchen, was dein Körper hergibt, wenn du überleben willst.«

Meine Energie-Anzeige blinkt in grünem Licht: 89 %. »Ich muss mich noch ein paar Minuten ausruhen.«

Mir ist klar, dass sie ungeduldig darauf wartet, weitergehen zu können, aber sie gibt nach und wir setzen uns auf den Boden. Wieder beginnt sie zu singen. »London Bridge is falling down, falling down …«

Es nervt mich allmählich. »Was hast du nur mit diesem Kinderlied?«, frage ich gereizt.

Sie bricht ab und blinzelt, als hätte sie momentan vergessen, wo sie ist. »Es hilft mir, die Verbindung zur Realität nicht zu verlieren. Erinnert mich an meinen Dad. Er hat es mir immer vorgesungen, als ich noch klein war.« Tränen rinnen ihr übers Gesicht. »Es ist das Einzige, das mir die Kraft gibt weiterzumachen«, sagt sie schluchzend.

Es ist seltsam, sie weinen zu sehen, so, wie sie neben mir sitzt, in der Gestalt einer starken, unbezwingbaren Kriegerprinzessin. Aber inzwischen kenne ich die wahre Kate, die sich hinter dem kämpferischen Avatar verbirgt. Ich lege ihr den Arm um die Schultern und hoffe, dass es okay ist. Und dass es ihr ein wenig hilft.

Kat-Ana wischt sich die Augen trocken. »Die meisten Kids, die du in VK2 kennengelernt hast, haben vergessen, wer sie sind. Das Spiel hat sich in ihrem Gehirn eingenistet. Es beherrscht ihr Denken total. Für sie gibt es keine andere Welt mehr.«

Die Vorstellung, für immer in der Virtual-Kombat-Welt gefangen zu sein, nimmt mir für einen Moment den Atem. Und lässt mich noch entschlossener werden. »Es muss doch einen Weg geben, wieder rauszukommen!«, sage ich.

Irgendetwas an dem, was ich gesagt habe – die Wörter oder mein entschlossener Ton –, wirkt Wunder: Kate ist wieder Kat-Ana. Ihre Augen blitzen mutig und voller Energie. »Mein Dad war IT-Berater«, sagt sie. »Er sagte, ein guter Programmierer würde immer eine Hintertür im Code offen lassen. Durch die man hinein- und wieder hinauskommen könne. Ich habe im ganzen Schloss nach so einer Hintertür gesucht.«

»Und? Hast du sie gefunden?«

»Nicht direkt. Aber ich habe etwas entdeckt. An einer Mauer im Schlosskerker hat jemand einen Spruch eingeritzt. Eine Art Rätsel. Ich glaube nicht, dass der Spruch zum Spiel gehört. Er lautet:

Dein ESCAPE zwischen Himmel und Erde liegt,
doch die Krone entscheidet, was mit dir geschieht.

Keine Ahnung, was das bedeutet.« Kat-Ana zuckt die Schultern. »Der einzige Ort, an dem ich noch nicht gesucht habe, ist die Zitadelle«, fährt sie fort und deutet in die Ferne, wo ein paar Türme aus dem tief liegenden Nebel ragen. »Dort ist die Krone. Aber um da hinzukommen, müssen wir uns den Weg gegen eine Menge anderer VK-Spieler freikämpfen.«

»Wer wagt, gewinnt«, antworte ich. Inzwischen steht mein Energie-Level wieder auf 100 %.

Aus der Ferne hören wir ein schrilles elektrisches Sirren, das rasch näher kommt.

»Höchste Zeit zu verschwinden«, sagt Kat-Ana und springt auf. »Die E-Bots kommen.«

16

Der Wald

Drei metallisch glänzende Droiden rasen mit durchdringendem Sirren über den Hügel heran. Von ihren metallischen Fühlern sprühen knisternd Funken. Wir fliehen von der Straße und rasen auf einem schmalen Pfad auf den Wald zu. Sie jagen hinter uns her, doch als wir den Waldrand erreichen, halten die Droiden plötzlich an und kehren um.

»Aufpassen!«, sagt Kat-Ana. »Das bedeutet, dass wir es jetzt mit anderen Spielern zu tun bekommen.«

Je tiefer wir in den Wald eindringen, desto schwächer wird das Sonnenlicht. Bald umfängt uns ein unheilvolles Halbdunkel. Nach einer Weile gelangen wir zu einer Lichtung. Es ist still – zu still.

»Eine Arena«, flüstert Kat-Ana. »Wir müssen so schnell wie möglich hinüber, bevor jemand kommt.«

Aber wir schaffen nur die halbe Strecke, als plötzlich eine Gestalt von einem der Bäume am Rand der Lichtung springt.

Kat-Ana zieht ihr Schwert und stellt sich dem Angreifer entgegen. Er trägt einen schwarzen Umhang und eine schwarze Maske, aber am Nacken ragt eine karottenrote Haarsträhne hervor.

»Roter Ninja!«, rufe ich erfreut.

Er starrt mich kurz an, hebt misstrauisch die Augenbrauen.

Dann schleudert er blitzschnell einen glitzernden Wurfstern auf mich.

Kat-Ana stößt mich zur Seite. Der Metallstern schlägt in einem Baumstamm hinter uns ein und explodiert. Brennende Holzsplitter schießen durch die Luft.

»Ninja, wir sind es! Scott und Kate!«, schreie ich, als wir zu den Bäumen rasen, um in Deckung zu gehen.

»Hat keinen Zweck, er erkennt uns nicht«, ruft mir Kat-Ana zu und springt mit einem Satz hinter einen Felsen.

Etwas surrt über unsere Köpfe hinweg und ein Baum hinter uns geht in Flammen auf.

Gerade als Roter Ninja den dritten Stern wirft, stürmen weitere Kämpfer auf die Lichtung. Ein militärischer Kämpfer greift ihn von hinten an. Roter Ninja hat keine Chance.

Ich renne hinüber, um meinem Freund zu helfen, und treibe den Soldaten mit einem Sprungtritt zurück. Roter Ninja dankt es mir mit einer harten Geraden direkt ins Gesicht.

»Nicht kämpfen! Nicht gegen mich!«, schreie ich ihn an, als er wie irre auf mich einschlägt. Ich blocke seine Schläge ab, wage aber keinen Gegenangriff.

»Aber genau darum geht es doch bei VK!«, schreit

Roter Ninja zurück. Er trifft mich mit einem bösartigen Side-Kick, der mich weit zurückschleudert.

Ich pralle gegen einen Baumstamm und falle zu Boden. Meine Energie-Anzeige blinkt auf und sinkt auf 70 %.

Gerade als sich Roter Ninja zum Todesstoß auf mich stürzen will, greift ihn ein Mönchkrieger an. Roter Ninja verschwindet im Kampfgewühl auf der Lichtung.

Eine Hand packt mich am Arm und reißt mich auf die Füße. Ich wirble herum, um mich zu verteidigen.

»Komm schon!«, zischt mir Kat-Ana zu.

»Aber was ist mit Roter Ninja?«

»Vergiss ihn. Wir können ihm nicht mehr helfen. Er ist im Spiel verloren, es beherrscht ihn jetzt vollkommen.« Sie kämpft sich den Weg durch das Kampfgetümmel. »Wir müssen zur Zitadelle, bevor das auch uns passiert!«

17

Die Zitadelle

»Da ist sie!«, ruft Kat-Ana aus, als wir aus dem Wald stürmen.

Die Zitadelle schwebt im Himmel, durch eine lange Steintreppe mit der Erde verbunden.

Wir haben uns in einem langen, blutigen Kampf bis hierher durchschlagen müssen. Meine Energie-Level schwankt um 40 %, Kat-Anas steht bei 50 %. Wir verbrauchen gemeinsam ihre letzte Medi-Packung, aber auch danach kommen wir nur auf 70 %.

Uns ist klar, dass die anderen Kämpfer immer weiter aufholen, deshalb sprinten wir sofort die Steintreppe hinauf. Auf halbem Weg höre ich hinter mir plötzlich ein lautes Knacken. Entsetzt blicke ich zurück: Risse zucken durch die Steinstufen, erste Felsbrocken brechen ab, fallen, hundert Meter tief.

»Schneller! Schneller!«, rufe ich Kat-Ana zu.

Wir jagen, zwei, drei Stufen auf einmal, die Treppe hinauf, die hinter uns wegbricht.

Je höher wir hinaufkommen, desto schneller brechen die Stufen. Wir werden den Vorsprung nicht mehr lange halten können.

Ich erreiche den Eingang der Zitadelle, Kat-Ana

folgt mir dichtauf. Doch kurz vor der Zitadelle brechen die letzten Stufen unter ihr weg. Schreiend stürzt sie in die Tiefe.

Ich werfe mich zu Boden und greife blind nach ihrer ausgestreckten Hand.

Irgendwie bekomme ich ihr Handgelenk zu fassen. Nur der übernatürlichen Kraft meines Avatar ist es zu verdanken, dass ich sie zu mir heraufziehen kann.

Wir prallen gegen die Zitadellentür und sinken auf die Schwelle, vollkommen außer Atem und zitternd vor Todesangst.

»Das war viel zu knapp«, keuche ich, als wir mitansehen, wie sich die Steintreppe Stück für Stück wieder zusammenfügt – eine tödliche Falle im Spiel.

»Danke«, keucht Kat-Ana und küsst mich erleichtert auf die Wange.

Ein wenig geschockt starre ich sie an.

Ihr wird plötzlich klar, was sie getan hat. Sie wird rot.

»War doch nur ein virtueller Kuss«, murmelt sie verlegen. Dann springt sie auf. »Komm schon, wir müssen weiter.«

Sie stellt sich vor die mächtige Flügeltür und stößt sie mit aller Kraft auf.

Ich grinse nur und folge ihr in die Zitadelle.

Wir treten in eine riesige Halle. Die letzte, wichtigste Arena – und die gefährlichste.

Ringsum an den Wänden hängen Fahnen. Auf der

gegenüberliegenden Stirnseite der Halle steht ein Thron, darüber ist ein gewaltiges, grell leuchtendes VK-Emblem angebracht. Vor uns erstreckt sich ein schimmernder Marmorboden, in den eine riesige Weltkarte als Mosaik eingelegt ist. Mitten auf dem Mosaik steht ein gläsernes Podest. Und darauf liegt die hell glänzende Krone.

»Ruhm und Reichtum«, murmelt Kat-Ana atemlos und starrt die Krone wie gebannt an.

»Vergiss sie!«, sage ich scharf und packe Kat-Ana am Arm. »Wir müssen fliehen! Wie war das mit dem Spruch? Erinnerst du dich noch an das Rätsel?«

Sie nickt langsam, wie benommen. »ESCAPE zwischen Himmel und Erde liegt …«

Ich deute auf die Weltkarte vor uns auf dem Boden. Mein Blick wandert weiter, an der hinteren Wand der Halle entdecke ich eine kleine, unscheinbare Holztür. Und über der kleinen Tür hängt ein aus Holz geschnitzter Engel. Das Symbol für den Himmel.

18

Die Krone

»Das ist wirklich eine Hintertür«, sagt Kat-Ana erstaunt.

Ich will sofort zur Tür laufen, aber sie packt mich am Arm und reißt mich zurück.

»Noch eine Falle!«, warnt sie mich, und im selben Augenblick zischt eine große, gekrümmte Klinge nur eine Handbreit an meinem Gesicht vorbei.

Und schon schwingen sechs weitere goldene Klingen durch die Halle, rasiermesserscharfe Klingen, die wie große Todespendel zischend durch die Luft schneiden.

»Wir können es zur Tür schaffen, aber nur mit dem perfekten Timing, sonst haben wir keine Chance«, sagt Kat-Ana.

Wir holen tief Luft und betreten die Arena. Es ist nicht einfach, den richtigen Augenblick zu finden, da die Klingen ständig ihre Geschwindigkeit und Richtung ändern.

»Hinter dir!«, brülle ich.

Kat-Ana rollt sich blitzschnell zur Seite, als die Klinge heranschwingt. Einen Augenblick später muss ich einer Klinge durch einen Sprung nach vorn ausweichen. Ich entkomme den beiden nächsten Klingen und sprinte zur Tür. Ich bin fast angekommen, als mir klar wird, dass Kat-Ana zurückgeblieben ist.

Sie läuft auf das Glaspodest zu.

Greift nach der Krone.

»Nein, lass sie!«, brülle ich.

»Das ist der ultimative Preis!«, ruft sie zurück, aber ihre Stimme klingt belegt, sie scheint in eine Art Trance gefallen zu sein.

Ihr Blick ist matt, verschleiert. Das Spiel hat von ihr Besitz ergriffen.

Die Krone entscheidet, was mit dir geschieht.

»Kate, erinnere dich, wer du bist!«, schreie ich.

Aber sie hört nicht mehr auf mich.

»LONDON BRIDGE IS FALLING DOWN, FALLING DOWN …«, singe ich, so laut ich nur kann, und tanze dabei herum wie ein Hofnarr, damit sie endlich auf mich aufmerksam wird.

Und tatsächlich gelingt es mir, ihre Trance zu durchbrechen, gerade noch rechtzeitig. Denn im selben Moment schwingt die große Doppeltür der Halle auf und herein stapft kein anderer als der Zerstörer.

Er will sich die Krone holen.

»Lauf!«, schreie ich Kat-Ana zu.

Aber es ist schon zu spät. Mit riesigen Sprüngen wirbelt der Zerstörer zwischen den Klingen hindurch und wirft sich Kat-Ana in den Weg.

Sie versucht, ihm auszuweichen, aber er ist unglaublich schnell und schlägt zu. Sein mächtiger Haken schleudert Kat-Ana gegen das Glaspodest. Bewusstlos sinkt sie zu Boden.

Der Zerstörer blickt auf sie hinunter und holt zum endgültigen Todesstoß aus.

»Nein!«, brülle ich.

Ohne auf die Klingen zu achten, springe ich hinüber und werfe mich auf ihn. Ich kann einen mächtigen Flying-Kick landen. Aber der Zerstörer scheint ihn nicht einmal zu spüren. Er wankt nicht, fegt meine Fäuste einfach beiseite und versetzt mir einen Handflächenstoß mitten auf die Brust.

Mein Energie-Level sinkt auf 60 %. Schmerzen zucken durch meinen Brustkorb, als eine Rippe bricht.

Ich versuche, mich zu wehren, aber der Zerstörer ist zu stark.

50 %.

Meine Schläge und Kicks prallen an ihm ab. Es ist, als würde ich gegen eine Betonmauer kämpfen. 45 %.

Er treibt mich vor sich her, wobei ich von den herumwirbelnden Klingen beinahe in Stücke zerhackt werde. Kurz vor der hinteren Wand bricht er mit einem gewaltigen Aufwärtshaken durch meine Verteidigung. 30 %.

Mein Gesichtsfeld löst sich auf, Millionen Pixel wirbeln vor meinen Augen. Ich bin kurz davor, das Bewusstsein zu verlieren. 25 %. Der Zerstörer holt zu dem Schlag aus, für den er berühmt und berüchtigt ist: der Schädelbrecher.

Ich kann mich noch zu einem letzten, verzweifelten Versuch aufraffen – die Erinnerung an das, was mir Kat-Ana beigebracht hat, blitzt mir durch den Kopf. Ich konzentriere mich mit dem ganzen Willen, den mir mein angeschlagenes Gehirn noch geben kann, auf seine Bewegungen.

Wie seine Muskeln zucken. Wie sich die Hände ballen, wie tief aus seiner Kehle ein Knurren aufsteigt, als sich seine Fäuste in Bewegung setzen, um gegen meinen Schädel zu krachen und ihn zu zerschmettern.

Hinter ihm schwingt eine Klinge in Zeitlupe heran.

Ich bin im Trigger-Time-Modus.

Die Fäuste des Zerstörers kommen fast zum Stillstand, als ich ihnen ausweiche. Und ich raffe meine letzte Kraft zu einem Mega-Punch zusammen, hämmere dem Zerstörer meine Faust in die Magengrube. In Zeitlupe taumelt er rückwärts. Genau vor die heranschwingende, rasiermesserscharfe Klinge. Aber der Stress, den mir Trigger Time abverlangt, ist zu viel für meinen geschwächten Zustand. Mit einem Ruck und scharfem Knall springt alles wieder in den normalen Zeitmodus. Der Todesschrei des Zerstörers steigt zu einem unerträglich schrillen Kreischen, wie ein Kampfjet beim Start.

Obwohl mir mein Sieg einen neuen Auftrieb beschert, bin ich immer noch angeschlagen. 40 %. Aber erleichtert sehe ich, dass Kate sich wieder erholt. Sie kommt im selben Moment auf die Füße, in dem zwei weitere Kämpfer in die Arena stürmen.

»Kate! Hierher!«, rufe ich ihr zu.

»Kate?«, fragt sie benommen und schaut mich verwirrt an. »Ich bin KAT-ANA, die Kriegerprinzessin!«

Sie zieht das Schwert und wirft sich den neuen Angreifern entgegen.

19

Der letzte Zweikampf

»NEIN!«, schreie ich und jage hinter Kate her.

Ich will sie nicht an Virtual Kombat verlieren! Nicht nach allem, was wir gemeinsam durchgestanden haben.

Aber ein Kämpfer in schwarzer Lederjacke und Sonnenbrille springt mir in den Weg.

»Höchste Zeit für unseren letzten Zweikampf!«, schreit er höhnisch.

»Shark?«

Er grinst, und jetzt erst sehe ich, dass seine Avatar-Zähne scharf zugespitzt sind. »Jetzt bist du dran!«, lacht er spöttisch.

Er ballt die Fäuste – und zwei Laserklingen entspringen seinen Knöcheln. Ein High-Level-Mod.

Schneller als ein gereizter Panther schlägt er nach mir. Eine Laserklinge reißt eine klaffende Wunde quer über meine Brust. Der Geruch von verbranntem Fleisch steigt auf. Ich taumle zurück, Blut strömt aus der Wunde. 35%.

Und schon greift er wieder an. Ich blocke seinen Vorstoß, reiße den Kopf zur Seite. Ein Blazer verfehlt mein Gesicht um Haaresbreite. Ich wehre mich mit einem Front-Kick und einem harten Jab, gefolgt von einem gedrehten Faustrückenschlag, der mit voller Wucht gegen sein Kinn kracht. Shark grunzt vor Schmerzen und spuckt zwei Zähne aus.

Den kleinen Aufschub nutze ich, um meinen Mega-Punch-Mod einzusetzen.

Nichts geschieht.

Ich habe meine letzte Mega-Punch-Energie gegen den Zerstörer aufgebraucht.

»Jetzt wirst du brennen!«, knurrt Shark und greift mit einem wahren Wirbel von Flying Kicks an, wobei er mit den Laserklingen wild auf mich einsticht.

Ich weiche aus, so gut es geht, und ducke mich unter seinen Hieben weg. Aber ich muss immer weiter zurückweichen und werde dabei fast von einer heranschwingenden Klinge in zwei Stücke gehackt. Hilfe suchend blicke ich mich nach Kat-Ana um, aber sie ist in einen brutalen Kombat mit einem Shaolin-Mönch verwickelt.

Trigger Time ist meine letzte Hoffnung. Aber ich habe die Technik noch nie zweimal in einem Kampf angewendet. Die Gefahr ist groß, dass ich dabei einen Burn-out erleide. Doch was bleibt mir anderes übrig? Ich konzentriere mich intensiv auf Shark, auf jede einzelne Bewegung.

Aber seine Angriffe kommen immer noch schnell und wütend. Mit einem Roundhouse-Kick trifft er mich voll am Kopf. 30 %.

Benommen und mit vor Anstrengung glühendem Gehirn versuche ich es noch einmal.

Und dieses Mal klappt es. Alles in der Arena wird langsamer.

Ich kann Sharks Laserfaust ausweichen und sogar mit einem harten Handkantenschlag gegen seinen Hals kontern.

Aber gerade als meine Hand ihr Ziel erreicht, wird Shark wieder schneller. Eine Laserklinge schneidet jäh über meinen ausgestreckten Arm. Ich schreie auf vor Schmerzen. 20 %. Ein heftiger Tritt in die Brust schleudert mich gegen das Glaspodest. 15 %.

Virtual Kombat wird mit einem Donnerschlag und grellem Blitz wieder auf Normalzeitmodus komprimiert.

»Du glaubst wohl, du bist der Einzige, der diesen Trick kennt?«, lacht Shark voller Hohn.

Ich bin zu geschockt, um mich noch wehren zu können. Er beherrscht Trigger Time!

Die Schmerzen toben wie ein flammendes Inferno durch meinen Kopf, als Shark meinen Hals mit einer Hand umklammert. Mit der anderen Faust holt er aus, richtet die orange glühende Spitze der Laserklinge direkt auf mein rechtes Auge.

Ich werde sterben – hier und in Wirklichkeit.

»Willst du denn nicht … Ruhm … und Reichtum?«, stammle ich und schaffe eine schwache Kopfbewegung hin zur Krone.

Shark blickt über die Schulter und sieht Kat-Ana, blutend, aber lebendig, zum Podest rennen.

»Vorher wirst du zu Haifutter!«, schreit er mir speichelsprühend ins Gesicht, packt mich und wirft mich direkt vor eine der heranschwingenden Klingen.

Und schon springt er Kat-Ana in den Weg und greift sie an. Der letzte Kampf um die Krone. Ich komme taumelnd auf die Füße.

Die Klinge schwingt rasend schnell auf mich zu.

Mir wird schlagartig klar, dass es nur einen Weg gibt, Kate zu retten.

Mit zwei gewaltigen Sprüngen bin ich an der Tür und werfe mich mit voller Wucht dagegen.

20

PlayPods

Ich öffne mühsam die Augen, als das Hoodie nach oben gleitet.

Hastig reiße ich die Klettgurte weg und klettere aus dem Sitz. Jeder Muskel, jeder Knochen tut weh. Heftige Schmerzen zerreißen mir fast den Schädel.

An meinem Arm hängt eine Kanüle. Ich reiße sie heraus.

Vollkommen verwirrt blicke ich mich um. Ich befinde mich nicht in der Trainingszone. Man hat mich in eine düster beleuchtete, riesige Lagerhalle gebracht. Ein paar Sekunden lang traue ich meinen Augen nicht: Reihen um Reihen von PlayPods erstrecken sich durch die Halle, füllen sie vollkommen aus. Und in jedem PlayPod sitzt ein Jugendlicher.

Es müssen Tausende sein.

An jedem Pod ist ein Display angebracht, auf dem der Name des Spielers leuchtet, zusammen mit der Kennnummer seiner Kampfarena. Darunter leuchtet grün die Energie-Anzeige des Spielers. Außerdem sind seine wichtigsten Gesundheitsdaten im realen Leben aufgeführt. Ganz unten steht noch das Datum seines Spieleintritts.

Ich muss Kate finden! Sie herausholen, bevor Shark sie tötet.

Schnell laufe ich an meiner Reihe entlang, suche nach einem Datum, das ungefähr vier Wochen vor meinem eigenen Spieleintritt liegt. Von einem der Pods, an denen ich vorbeilaufe, steigt mir der widerliche Geruch von versengtem Haar in die Nase.

Ich flehe den Himmel an, dass es nicht Kate ist, und blicke auf das Display. Nein – dieser Spieler ist erst vor zwei Wochen gekommen.

Und dann entdeckte ich ihren PlayPod. Sie kämpft immer noch um die Krone. Aber ihr Energie-Level ist auf 20 % gefallen.

Ich berühre den Touchscreen und blicke auf das Menü. 15 %.

In panischer Angst suche ich nach einer Option für ESCAPE. 10 %!

Ihr Körper beginnt heftig zu zucken. Die Energie-Anzeige sinkt unaufhörlich weiter, auf fatale 5 %.

Ich entdecke die ESCAPE-Taste und drücke darauf. Die Anzeige erstarrt bei 1 %.

Ich reiße Kate das Hoodie vom Kopf. Ihre Augen wirken glasig und farblos, doch nach ein paar Sekunden strahlen sie blau, fokussieren sich auf mich – und verblassen.

»Scott … vergiss niemals, wer du bist«, murmelt sie, kaum hörbar, mit schwachem Lächeln. »Ich werde dich nie vergessen.«

Ihr Kopf sinkt zur Seite. Vom Display des PlayPods kommt ein langer, gleichmäßiger Piepton. Sämtliche Vitaldaten fallen auf null.

Ich kämpfe meine Tränen nieder. Auf der Straße findet man nur sehr selten Freunde. Dort geht es vor allem ums eigene nackte Überleben. Kate … war meine erste wirkliche Freundin.

Aber man lässt mir keine Zeit, um sie zu trauern.

Plötzlich gehen die Lichter an, gewaltige, grelle Industrieleuchten tauchen die Halle in gleißendes Licht.

Ich gehe hinter einem PlayPod in Deckung, als zwei Analysten durch den Gang kommen, um ein weiteres Burn-out-Kid zu holen: Kate.

»Was für eine Woche!«, stöhnt einer der beiden Analysten. »Drei – einer nach dem anderen! Wenn es so weitergeht, müssen wir noch viel mehr Kids zu Elite-Gamern befördern.«

Als der Analyst an meinem leeren PlayPod vorbeikommt, schreit er: »He! Ein Spieler ist unplugged!«

Er schlägt mit der Faust auf einen roten Alarmknopf.

Eine ohrenbetäubende Sirene schrillt los.

Ich springe auf und jage davon.

21

Zum Wohle der Menschheit

Wie ein gehetztes Reh schlängle ich mich zwischen den Play-Pods hindurch, zum nächsten Ausgang.

Ein Notausgang. Ich stoße die Tür auf, gelange in ein Treppenhaus. Die Treppe führt nur nach oben. Ich stürme hinauf, zwei Stufen auf einmal nehmend.

Aber das hier ist die Realwelt, und ich bin lange nicht so stark wie mein Avatar. Auf dem sechsten Treppenabsatz bin ich völlig außer Atem. Bisher waren sämtliche Türen verschlossen.

Stimmen sind von unten zu hören. Das Trampeln schwerer Stiefel auf den Stufen. Sie kommen!

Ich zwinge mich weiterzulaufen. Erschöpft erreiche ich den obersten Treppenabsatz. Zu meiner unendlichen Erleichterung lässt sich diese Tür öffnen.

Ich stürme ins Freie – auf einen Dachgarten hinaus. Kalte Nachtluft trifft mich wie ein Schlag.

Ringsum funkeln die Lichter der Stadt. Vor mir erhebt sich eine riesige Glaskuppel, und darunter erkenne ich den großen Speisesaal des Waisenhauses. Ich laufe zur Kuppel und hämmere gegen das Glas, ich will die anderen Kids vor dem Schicksal warnen, das ihnen bevorsteht. Aber niemand kann mich hören: Die große VK-Abendshow übertönt alles andere.

Das Gebrüll meiner Verfolger kommt näher.

Ich renne zum Dachrand hinüber. Aber die Nachbargebäude stehen zu weit entfernt. In der Dunkelheit unter mir zieht der Fluss schwarz und düster direkt an der Hauswand vorbei. Straßenlaternen und die Lichter der Stadt glitzern auf den Wellen.

»Würde ich nicht machen, wenn ich du wäre«, rät mir plötzlich eine seidenweiche Stimme.

Vince Power schlendert lässig herbei, einen bernsteinfarbenen Drink in der Hand, und schenkt mir sein perlweißes Lächeln.

»Wäre wirklich jammerschade, einen so beeindruckenden Kämpfer wie dich zu verlieren«, fährt er fort. »Wie hast du es nur geschafft, sogar den Zerstörer mit seinem Schädelbrecher zu besiegen?«

Ich gebe keine Antwort. Trigger Time muss ein Geheimnis bleiben.

»Sie wissen, dass VK die Spieler tötet!«, brülle ich ihn an. Kates Gesicht steht mir wieder vor Augen.

Er zuckt die Schultern, offenbar hat er damit keine Probleme. »Das ist nur ein kleiner Defekt im Programm, eine ärgerliche Nebenwirkung. Betrifft vermutlich nur die Kids, die sich im Spiel befinden.«

»Aber warum korrigieren Sie ihn nicht?«

»Geht nicht so einfach und würde zu viel Zeit kosten. Und ich brauche euch Kids, damit das Spiel weitergehen kann. Denn ihr seid das Futter für die Prozessoren von VK2. Eure Gehirne sind wie Mikrochips und versorgen die feindlichen Avatare mit der nötigen Denkleistung. Aber aus irgendeinem Grund, den wir noch nicht herausgefunden haben, führt euer Tod im Spiel in manchen Fällen zu einer Hirnüberlastung der Gamer. Und dann kommt es eben zu diesem ärgerlichen Burn-out.«

»Sie sind schlimmer als der Teufel!«, rufe ich voller Abscheu.

»Ich bin nicht böse!«, blafft er mich an. Sein Lächeln ist verschwunden.

»Aber Sie töten Kinder!«

»Meine Arbeit dient dem Wohle der Menschheit. Ich glaube unerschütterlich daran: so vielen wie möglich das größte Glück. Virtual Kombat bietet nicht nur Millionen Menschen gute Unterhaltung, sondern hat auch viele der Probleme dieser Welt gelöst. Es hat dafür gesorgt, dass die Kriminalität zurückgegangen ist. Es holt die Straßenkinder von der Straße. Es hat der Stadt das einzige Waisenhaus geschenkt. Es schützt sogar die Umwelt! Für all das sind ein paar Tote nur ein kleiner Preis, aber er muss eben gezahlt werden!«

»Mord ist niemals ein kleiner Preis!«, schreie ich, außer mir vor Wut.

»Aber weltweit lieben es die Gamer, in meiner Spielwelt zu töten«, widerspricht er. »Und außerdem sind viele bereit, mehr zu zahlen, viel mehr sogar, wenn sie dafür das Privileg erhalten, wirklich töten zu dürfen.«

»Aber Virtual Kombat soll doch gar nicht real sein!«

»Macht das einen so großen Unterschied? Alle Spieler wollen töten, ob nun jemand dabei tatsächlich stirbt oder nicht.«

Gegen dieses Argument komme ich nicht an. Vince Power mag ein Teufel sein, aber er ist auch ein guter Politiker; er hat immer auf alles eine Antwort parat.

»Einen Gamer mit deinen Fähigkeiten können wir gut gebrauchen«, fährt er fort, jetzt wieder mit seiner seidenweichen Stimme und strahlendem Lächeln. »Zusammen könnte es uns gelingen, das Burn-out-Problem zu lösen.«

»Niemals«, antworte ich fest, als zwei Analysten durch die Tür auf das Dach stürmen. Beide halten Elektroschocker in den Händen. »Lieber sterbe ich frei auf der Straße, als dass ich mich mein ganzes Leben lang von Virtual Kombat versklaven lasse.«

»Tut mir leid, das zu hören«, sagt Vince mit einem Schulterzucken und nickt den beiden Analysten zu.

Sie rennen auf mich los.

Ich werfe rasch einen Blick über die Dachkante.

»Diesen Sturz wirst du nicht überleben«, sagt Vince gelassen.

»WER WAGT, GEWINNT!«, rufe ich ... und springe ins dunkle Nichts.

22

Log-off

Vince hat sich getäuscht.
Ich habe den Sturz überlebt. Doch jetzt bin ich auf der Flucht.
Mit einem Geheimnis, das mir niemand glauben wird.
Vince Power *muss* unschädlich gemacht werden.
Wenn du dies liest, sei gewarnt …
SPIELEN HEISST STERBEN!

Teil II

Der letzte Player

Für Russell, einen wahren Freund

1

Wespen

Ich jage die grell erleuchtete Straße entlang. Meine nassen Schuhe klatschen auf dem Asphalt; mein Herz rast. Ich renne um mein Leben – mitten durch Pfützen von giftigem Regen, aber das ist mir egal: Ich bin schon bis auf die Haut durchnässt.

Doch dann höre ich ein aggressives Surren: Eine Angriffsdrohne verfolgt mich! Die gelb-schwarzen Drohnen sehen wie die Insekten aus und werden deshalb Wespen genannt. Ihnen kann man nicht entkommen. Mit ihren starken Rotoren und den Elektropfeilen sind sie erbarmungslose Jäger.

Gehetzt werfe ich mich nach links in eine Gasse. Stolpere fast über einen herumliegenden Müllsack, kann mich aber wieder fangen und rase weiter. Zwei Straßenkids starren mich mit offenen Mündern an. Sie hocken unter einer Plastikplane, ein armseliger Schutz gegen den prasselnden Regen. Die Wespe surrt an ihnen vorbei – ihr Pfeil ist nur auf ein einziges Ziel programmiert.

Auf mich: Scott.

»Stehen bleiben oder ich steche dich!«, echot die metallische Stimme der Wespe durch die enge Gasse.

Hastig werfe ich einen Blick über die Schulter; Panik packt mich. Der Stachel zielt unerbittlich auf mich; er ist geladen, sein rotes Kameraauge fixiert mich, aber ich rase weiter. Die Gasse mündet in eine vom Verkehr verstopfte Straße. Ich hechte über die Motorhaube eines Automatiktaxis. Der Passagier starrt mich wütend an, dann entdeckt er die Wespe und duckt sich tief auf seinen Sitz.

Die Wespe feuert ihren Stachel ab. Ich werfe mich zur Seite, kann gerade noch hinter dem Taxi in Deckung gehen. Der Elektropfeil surrt dicht an meinem Ohr vorbei und schlägt in einen 3D-Bildschirm hinter mir ein. Funken sprühen und der riesige Monitor explodiert. Ein greller Blitz blendet mich; die elektronische Werbung für Virtual Kombat bricht mittendrin ab:

»SO REAL, DASS ES SCHMERZT. DIE ULTIMATI...«

Ich schütze das Gesicht mit beiden Händen gegen den messerscharfen Scherbenregen, der vom Bildschirm herabprasselt. Schon werfe ich mich herum und rase in eine weitere schmale Gasse auf der anderen Straßenseite. Eine Biegung nach links. Dann nach rechts. Aber das Surren der Wespe kann ich nicht abschütteln. Und es kommt näher.

Ich muss ein Versteck finden! Und zwar schnell. Es war reines Glück, dass mich der erste Pfeil nicht getroffen hat. Wespen verfehlen normalerweise niemals ihr Ziel. Dem nächsten Schuss werde ich sicherlich nicht mehr ausweichen können.

Doch meine Glückssträhne endet noch schneller, als ich erwartet hatte. Ich biege um eine Ecke und – komme abrupt zum Stillstand.

Sackgasse.

Zehn Meter vor mir ragt eine brüchige Backsteinmauer auf, zu hoch, um hinüberzuklettern. Auf beiden Seiten drängen sich hohe Gebäude, aber die Haustüren sind verschlossen und die Fenster mit Eisengittern gesichert. Mir bleibt nur ein einziger Fluchtweg: eine alte eiserne Feuerleiter, die sich wie eine verrostete tote Spinne an eine Hausmauer klammert. Ich springe hoch – aber erreiche die unterste Sprosse nicht.

Hätte ich doch nur die übernatürlichen Superkräfte meines Avatars! Hier in der realen Welt!

Die Wespe surrt um die Ecke und schwebt vor mir.

»Ergib dich!«, befiehlt mir die harte Blechstimme. Ihr Stachel zielt genau auf meine Brust.

Ich kann mich nicht ergeben. Die Menschen müssen die Wahrheit über Virtual Kombat erfahren. An mir liegt es, an mir allein, ihnen davon zu berichten. Ich bin die einzige Hoffnung für all die Elite-Gamer, die immer noch im Spiel gefangen sind.

Blitzschnell bücke ich mich nach einem Ziegelstein, der aus der Mauer gebrochen ist, und schleudere ihn auf die Wespe. Die Drohne weicht geschickt aus, aber damit hatte ich gerechnet und schleudere sofort einen zweiten Stein. Doch der fliegt hoch über die Wespe hinweg, die sich nicht einmal die Mühe macht, dem Wurf auszuweichen. Ich fluche laut; fast kann ich den Drohnenführer an seinem fernen Steuerpult über meine miserable Zielgenauigkeit hämisch lachen hören. Aber wer zuletzt lacht, lacht am besten!

Ich schleudere einen dritten Stein. Aber nicht auf die Drohne, sondern auf den Schnappriegel, der den unteren Teil der Feuerleiter nach oben geklappt hält. Die Leiter schwingt herab – und kracht von oben auf die Drohne. Sie stürzt in einer wilden Spirale auf den Asphalt, ihr aggressives Surren verstummt und das rote Kameraauge erlischt.

»Erwischt!«, brülle ich und boxe in die Luft.

Aber das triumphierende Grinsen verschwindet schlagartig aus meinem Gesicht, als drei weitere Wespen mit wütendem Surren in die Gasse rasen.

2

Nur ein Spiel

Ich hetze die Feuerleiter hinauf und schaffe es tatsächlich bis aufs Dach, wo ich von weiteren großen 3D-Bildschirmen begrüßt werde. Sie leuchten wie riesige Vollmonde vor dem grauen Smoghimmel, der die Stadt schier zu ersticken scheint. Von allen Monitoren strahlt Vince Powers sonnengebräuntes Gesicht, und sein silberweißes Haar glitzert wie frisch gefallener Schnee.

Die VK-Erkennungsmelodie mit Fanfaren und Trommelwirbeln ertönt, dann dröhnt Powers Stimme weit über die Straßenschluchten: »LEBT! KÄMPFT! TÖTET!« Es folgt der Werbeslogan in leuchtend roter Schrift – *Wo jeder Feind seinen eigenen Willen hat* – und der Kampf zwischen Goliath und dem Sensenmann wird gezeigt. Im neuesten Super-High-Definition-Standard hat man den Eindruck, als würden die Avatare wirklich kämpfen, atmen, schwitzen, bluten – geradeso, als wären sie lebendig.

Goliath schwingt einen mit Stahldornen gespickten stählernen Schlagstock durch die Luft und lässt ihn auf den Kopf des Gegners niedergehen. Doch der Sensenmann mit seinem aschgrauen Umhang verwandelt sich blitzschnell in eine Rauchsäule und der Schlag geht ins Leere. Schon erscheint der Sensenmann wieder: So schnell, dass man die Bewegung nur verschwommen sieht, schwingt er die lange, geschwungene Sense herab und teilt Goliath von oben bis unten in zwei Hälften.

»KILLING STRIKE!«, brüllt der Kommentator überflüssigerweise.

Vince Powers Gesicht füllt wieder den Bildschirm. »Die virtuelle Welt von Virtual Kombat hat keine Grenzen. Ihr könnt tun, was ihr wollt.« Er lächelt; für einen Moment blitzen seine perfekten perlweißen Zähne auf. »Denn letzten Endes … ist es nur ein Spiel!«

Doch ich weiß, dass es keineswegs *nur* ein Spiel ist. Wer es spielt, stirbt.

Ich habe gesehen, wie die Gehirne junger Spieler ausbrannten und vernichtet wurden.

Ich denke an meine Freundin Kate und mein Schmerz mischt sich mit Trauer und Wut. Ich sehe sie noch deutlich vor mir, sehe, wie ihre strahlend blauen Augen wie welkende Kornblumen verblassen, und ich schwöre mir, dass ich die übrigen Elite-Gamer retten werde. Ich schwöre, Vince Power zur Rechenschaft zu ziehen, ihn vor Gericht zu bringen. Irgendwie muss ich Virtual Kombat vernichten. Das tödliche Spiel für alle Zeiten beenden.

Aber ich bin der einzige Mensch in der realen Welt, der Vince Powers dunkles Geheimnis kennt. Das ist der Grund, warum Vince Power mich jagt: Ich weiß zu viel. Deshalb will er mich haben, tot oder lebendig!

Das Surren der Wespen wird noch lauter – sie greifen an! Ich sprinte hinter einen der riesigen Bildschirme und entdecke dort eine Tür, die in das Gebäude führt. In Panik reiße ich am Griff, aber die Tür klemmt. Schon zoomt eine Wespe heran. Ich beiße die Zähne zusammen und zerre mit aller Kraft. Und tatsächlich öffnet sich die Tür zwei Handbreit, wobei die Scharniere protestierend quietschen. Hinter mir höre ich, wie der Stachel abgefeuert wird, und zwänge mich durch den Spalt. Der Elektropfeil prallt Funken sprühend am metallischen Türblatt ab. Ich ziehe die Tür zu und rase die Treppe hinab. Aber auf halber Strecke muss ich stehen bleiben, um wieder zu Atem zu kommen.

Die Wände sind von Graffiti übersät, im ganzen Treppenhaus stinkt es nach Urin und verrottenden Abfällen. An der Decke flackern uralte Neonleuchten. Auf diesem Stockwerk ist das Treppenhaus menschenleer, aber darüber wundere ich mich nicht. Nur wenige Menschen wagen sich aus ihren Wohnungen, aus Angst vor dem Killervirus von 2030. Lieber loggen sie sich in eine der virtuellen Welten ein, die im Netz angeboten werden, um nicht in Gefahr zu geraten, sich draußen anzustecken.

Und natürlich halten alle ihre Wohnungstüren fest verschlossen. Mir ist klar, dass ich mich hier nicht lange verstecken kann. Bestimmt schwirren draußen die Wespen um den Ausgang und warten, bis Vince Powers Analysten eintreffen, um mich gefangen zu nehmen. Deshalb laufe ich weiter hinunter bis zum Erdgeschoss und suche nach dem Notausgang an der Rückseite. Ich kicke die Tür auf und stürme hinaus … in einen alten, verdreckten Hinterhof mit zerfetzten Basketballnetzen an den Wänden. Die Metallringe der Körbe sind verbogen und verrostet – hier spielt schon seit Jahren niemand mehr. Aber der Hof ist nicht völlig leer.

»Na, schaut mal, welchen Dreck uns die Katze ins Haus schleppt!«, zischt eine bekannte Stimme verächtlich.

3

Cobra

Ich wirble herum und sehe mich einem schlaksigen Jungen mit fettigem schwarzem Haar und gebrochener Nase gegenüber. Hinter ihm lungern ein paar weitere Straßenkids herum.

»Cobra?« Ich schnappe verblüfft nach Luft. Er ist größer, als ich in Erinnerung habe. Als ich ihn zuletzt gesehen habe, hat er mich zusammen mit Shark über die Dächer gehetzt.

Cobra betrachtet lässig meinen patschnassen VK-Kampfanzug, auf dem in großen weißen Buchstaben mein Name SCOTT eingestickt ist. »Siehst aus wie eine ersäufte Ratte!«, ruft er höhnisch.

»Ich bin von einem Haus in den Fluss gesprungen«, erkläre ich.

Cobra schnaubt, als würde er mir nicht glauben.

»Dachte, du wärst inzwischen längst mausetot. Shark hat geschworen, dich zu blazern. Hat den VK-Truck wochenlang verfolgt, bis er einen Platz in Powers Waisenhaus gewonnen hat.«

»Das ist kein Waisenhaus«, antworte ich. »Es ist praktisch ein Schlachthof. Vince benutzt die Kids als Laborratten für sein VK-Spiel. Die PlayPods verbrennen uns die Gehirne! Aber ich hab's geschafft zu fliehen.«

Cobra lacht auf, aber es klingt kalt. »Was für ein Haufen Schwachsinn, Scott! Jede Wette, dass sie dich rausgeworfen haben, du warst einfach nicht gut genug. Hast versagt, aber vielleicht nützt mir das was …«.

Cobra schnippt mit den Fingern und seine Gang umzingelt mich. Sie sind bewaffnet: Ein paar halten Stahlrohre in den Händen, die übrigen wirbeln drohend schwere Eisenketten durch die Luft.

»Wartet!«, rufe ich und hebe die Hände. Mir ist völlig klar, dass ich allein keine Chance habe, Vince Power zu besiegen. Ich brauche Mitkämpfer – selbst wenn ich mich mit meinen Feinden verbünden muss. »Hast du nicht kapiert, was ich gesagt habe? Im Virtual Kombat werden Leute *getötet*!«

Cobra schaut mich an, als sei ich dümmer als fünf Meter Waldweg. »Klar! Genau darum geht's doch bei dem Spiel!«

»Nein, in Wirklichkeit, Mann!«, brülle ich Cobra an. »Sie sterben real! Du musst es mir glauben!« Aber seine Gang rückt näher und ich überlege krampfhaft, was ich tun muss, um dieses Hohlhirn Cobra zu überzeugen. »Auch Shark ist in größter Gefahr!«

Cobra zögert und runzelt die Stirn, doch dann reckt er die knochige Brust. »Mir doch egal! Jetzt bin *ich* hier der Anführer!«

Er zieht einen Blazer aus der Hosentasche und

schaltet die Klinge ein. Sie pulsiert rot und gefährlich, und meine Hoffnung, Cobra überzeugen zu können, schwindet. Er richtet die Klingenspitze auf mich. »Mit dir, Scotty, hab ich noch eine Rechnung offen. Du bist schuld, dass mein Freund Grizzly sterben musste!«

Ich weiche zurück. »Ich hab ihn nicht getötet. Er ist gestürzt!«

»Nur wegen dir!« Cobra springt plötzlich vor, um mich zu blazern, aber im selben Moment füllt das schrille Schwirren der Angriffsdrohnen den Hinterhof. Cobra und seine Bande versteinern vor Schock, während sie den heranrasenden Drohnen entgegenstarren. Dann jagen sie wie aufgeschreckte Ratten in alle Richtungen davon.

Eine Wespe hat mich im Visier und feuert einen Pfeil ab – genau in dem Moment, als Cobra herumschnellt, um zu fliehen.

»Pass auf!«, brülle ich, aber meine Warnung kommt zu spät. Cobra jagt direkt in die Schusslinie; der Pfeil dringt ihm mitten in die Brust. Cobra bricht auf der Stelle zusammen und schlägt wild um sich, als die Stromstöße des Elektropfeils durch seinen Körper zucken.

Jetzt greifen mich alle drei Wespen gleichzeitig an. Aber ich bin bereits auf der Flucht, jage in die nächstbeste Gasse und flehe zum Himmel, dass ich nicht so enden werde wie Cobra. In meiner Panik achte ich nicht auf den Weg. Ich stürze in einen offenen Gully und falle in den dunklen Kanalschacht hinunter. Benommen, erschöpft und wehrlos bleibe ich im stinkenden Schacht liegen, während oben die Wespen über dem Gully kreisen.

Dieses Mal gibt es kein Entkommen.

4

EMP

Die drei Wespen zielen mit ihren Stacheln auf mich. Ich spanne die Muskeln an, wappne mich für den unvermeidlichen, brennenden Schmerz ... aber nichts geschieht. Das gereizte Sirren verstummt urplötzlich, die roten Kameraaugen blinken grell auf ... und erlöschen. Wie tote Insekten fallen sie in den Schacht und krachen auf den Tunnelboden. Verwirrt und fassungslos starre ich die leblosen Maschinen an.

Und plötzlich tritt ein Mädchen aus dem Dunkel des Tunnels. Kurzes dunkles Haar, blasses Gesicht. Quer über die katzenartigen Augen zieht sich ein schwarzer Make-up-Streifen von einer Schläfe zur anderen. Sie hält ein Gerät in der Hand, das wie ein kleines Sturmgewehr ohne Lauf aussieht.

»EMP«, erklärt das Mädchen knapp und kickt eine der Wespen verächtlich aus dem Weg. Als sie meine verblüffte Miene sieht, deutet sie auf das Gewehr und fügt hinzu:

»Das ist eine elektromagnetische Impulswaffe. Damit kann man Stromstöße abfeuern, die bei Wespen einen Kurzschluss verursachen. Aber nur für kurze Zeit.«

»Aha.« Ich rapple mich wieder auf die Füße und klopfe den Dreck von den Kleidern. »Danke, dass du mich gerettet hast.«

Meine Retterin wirft mir einen spöttischen Blick zu. »Wieso dich? *Dich* wollte ich gar nicht retten. Hab nur geschossen, weil ich Angst hatte, dass sie *mich* entdecken.« Sie bückt sich und hebt eine der Wespen vom Boden auf.

»Und jetzt hilf mir, die Dinger zu zerstören, bevor sie sich wieder booten.«

Sie zertritt die Wespe und klettert flink wie ein Eichhörnchen durch den Gully auf die Straße. Ich zerstampfe die beiden anderen Wespen ebenfalls und klettere hinter ihr her. Als wir wieder auf der Straße stehen, schiebt sie den Kanaldeckel auf die Schachtöffnung. Sollen die drei Wespen doch dort unten verrosten.

Ich kann nicht anders. Ich muss das Mädchen fragen: »Was hattest du da unten im Kanal zu suchen?«

Sie blickt zur Seite und ignoriert meine Frage. »An deiner Stelle würde ich von hier verschwinden, und zwar schnell«, sagt sie und läuft die Gasse entlang. »Die Drohnenjungs werden bestimmt gleich ein paar neue Wespen auf dich hetzen.«

Ich renne ihr nach. »Wer bist du? Wie heißt du eigentlich?«

Sie läuft noch schneller.

»Und warum hast du es so eilig?«, will ich wissen.

Sie zieht die Kapuze über den Kopf und achtet nicht auf mich. Ich jogge neben ihr her, als sie um die Ecke in eine Nebenstraße einbiegt. »Die Wespen waren hinter mir her. Warum hätten sie sich für dich interessieren sollen?«, frage ich weiter.

»Verpiss dich endlich!«, faucht sie mich an und biegt abrupt in einen düsteren Durchgang ein.

Ich überlege kurz, ob ich sie einfach gehen lassen sollte. Aber obwohl sie sich superunfreundlich verhält, ist sie doch genau die Art Person, die die Wahrheit über VK erfahren sollte. Und wenn ich sie nicht vom tödlichen Geheimnis des »Spiels« überzeugen kann, will ich ihr wenigstens die EMP-Waffe abnehmen. Die Wespen werden mich weiter jagen, aber mit dieser Waffe könnte ich sie abschütteln. Deshalb renne ich ihr nach und packe sie am Arm. »Woher hast du die Waffe?«

Das Mädchen schüttelt meine Hand ab und schaut mich mit wutblitzenden Augen an. »Du stellst eine Menge Fragen, Wespenjunge!«

»Und ich will eine Menge Antworten haben!«, gebe ich scharf zurück. »Hör zu: Ich hab verdammt große Probleme und ich brauche wirklich eine von diesen EMP-Waffen.«

Die Fremde bleibt stehen und stützt die Hände in die Hüften. »Warum? Wozu?«

Wir starren einander an. Sie verhält sich seltsam und verschlossen, aber ich habe keine andere Wahl:

Ich muss ihr vertrauen. »Weil ich auf der Flucht bin. Vor Vince Power«, erkläre ich hastig. »Ich war einer seiner Elite-Gamer im VK. Aber dann fand ich heraus, dass er ...«

»Du – ein Gamer?«, unterbricht sie mich. Ich nicke. Sie betrachtet mich mit misstrauisch zusammengekniffenen Augen. »Glaub ich nicht. *Niemand* kann aus dem Spiel entkommen.«

Ich zucke die Schultern. »Aber ich hab's geschafft.«

»Wirklich?« Sie kommt einen Schritt näher, studiert aufmerksam mein Gesicht, dann lässt sie den Blick über meinen VK-Kampfanzug gleiten. Und plötzlich spüre ich zwei Metallstifte, die mir in den Magen gerammt werden. Ein brutaler Stromstoß zuckt durch mein System. Mein Körper wird starr. Dann schlägt ein glühender Schmerz über mir zusammen und alles wird schwarz ...

5

Laborratte

Ich komme in einem kleinen weißen, fensterlosen Raum wieder zu mir. Eine Zelle? Hände und Füße sind an ein einfaches Bettgestell aus Metall gefesselt. Ich bin allein. Ein Gefangener. Ein wütender Gefangener, ich könnte mich selbst in den Hintern treten: Das Mädchen hat mich verraten! Hat mich Vince Power ausgeliefert, wahrscheinlich gegen ein Kopfgeld. Ich hätte ihr nicht trauen dürfen! Es nützt nichts, an den Fesseln zu zerren – sie geben nicht nach, ich kann mich nicht einmal aufsetzen. Und je mehr ich daran zerre, desto enger ziehen sie sich zu.

Ruhig bleiben, mahne ich mich. Mein Vater war Soldat in einer militärischen Spezialeinheit, bevor ihn das Virus aus dem Leben riss. Er hat mir beigebracht, wie man sich aus Handfesseln befreit. Der erste Schritt ist, die Muskeln vollständig zu entspannen.

Und tatsächlich fühlen die Fesseln sich ein klein wenig lockerer an, als ich zu zerren aufhöre. Wer immer mich festgesetzt hat, hatte keine Ahnung, wie man das richtig macht. Je mehr ich mich entspanne, desto lockerer werden sie – und schon nach ein paar Sekunden kann ich die Hände aus den Schlingen ziehen und meine Fußfesseln lösen. Ich springe vom Bett.

Aber ich bin immer noch in der Zelle gefangen. Sie scheint keine Tür zu haben. Vorsichtig lasse ich die Finger über die glänzenden weißen Wände gleiten, die so glatt wie Glas sind. Dreimal suche ich die Wände ab, bis ich die äußerst feinen Linien einer Tür spüre. Aber natürlich lässt sie sich nicht öffnen: Es gibt weder einen Türgriff noch ein elektronisches Codeschloss.

Ich lasse mich wieder auf das Bett fallen. Ohne Fluchtweg bleibe ich gefangen. Ich muss abwarten, bis sich jemand blicken lässt. Bedrückt sinke ich auf die dünne Matratze – und erst jetzt spüre ich einen kühlen Luftstrom, der über meine Füße streicht, und sehe über mir ein Lüftungsgitter in der Decke. Schon springe ich auf, strecke mich, bekomme das Gitter zu fassen und reiße es aus den Halteklammern. Der Lüftungsschacht ist dunkel und eng, aber ich bin schmal genug, um hindurchzupassen. Ich ziehe mich hoch, winde mich durch die enge Öffnung und krieche in den Schacht. Weiter vorn kann ich einen schwachen Lichtschimmer ausmachen. Schließlich erreiche ich ein weiteres Gitter, stoße es auf und springe hinterher.

Ich lande in einem Flur. Türen reihen sich aneinander, alle mit Nummern gekennzeichnet. Und alle sind mit digitalen Codeschlössern gesichert. Niemand ist zu sehen. Das macht mich unsicher und nervös, während ich weiterschleiche, von einem Flur in den nächsten, der sich rechtwinkelig an den ersten Flur anschließt. Dann ein weiterer Flur, und alle sehen genau gleich aus: weiß, kahl, leer. Schon nach kurzer Zeit komme ich mir wie eine Laborratte in einem Labyrinth vor.

Wieder biege ich um eine Ecke und entdecke ein Lüftungsgitter, das mitten im Flur liegt. Das Gitter, das ich hinausgestoßen hatte!

Ich bin im Viereck gelaufen!

Aber ich laufe trotzdem weiter. Was bleibt mir auch anderes übrig, als weiter verzweifelt nach einem Ausweg zu suchen? Und wieder ende ich an dem Gitter. Und auch der dritte Versuch bringt mich zum selben Punkt zurück. Es ist zum Verzweifeln. Frustriert kicke ich gegen das Gitter. Dieses Gebäude ist kein Labyrinth, sondern eine Art Endlosschleife!

Wütend blicke ich an den Reihen verschlossener Türen entlang. Wie soll ich hier jemals herauskommen?

Erst jetzt betrachte ich die Zimmernummern genauer.

Rechts zähle ich 1 … 4 … 6 …

Und links: 2 … 3 … 5 …

Die Anordnung kommt mir seltsam vor. Gerade und ungerade Zahlen sind vermischt. Ich laufe weiter zur nächsten Biegung des Flurs: 7 … 11 … 13 … lauten die Nummern auf einer Seite, 8 … 9 … 10 … auf der anderen.

Das ergibt keinerlei Sinn. Die Zahlenfolgen kommen mir völlig unlogisch vor. Logisch wäre gewesen, wenn sich die geraden Zahlen auf der einen und die ungeraden auf der anderen Seite befunden hätten. Doch dann erinnere ich mich dunkel an eine Mathestunde aus meiner fernen Kindheit, bevor das Virus die ganze Welt auf den Kopf gestellt hat und wir Straßenkids in keine Schule mehr gehen durften. Damals hat uns ein Lehrer etwas über solche anscheinend willkürlichen Zahlenreihen erzählt. Wie war das … wie hatte er sie genannt?

Primitive Zahlen? Nein … Primäre … Nein, Prim, das war es: Primzahlen! Zahlen, die nur durch sich selbst teilbar sind. Und durch 1.

Und 2, 3, 5, 7, 11 und 13 sind alle nur durch sich selbst und durch 1 teilbar – sie müssen also solche Primzahlen sein!

Die Entdeckung macht mich richtig aufgeregt; ich gehe der neuen Spur nach. Mein Verstand arbeitet sozusagen im *Overdrive*, während ich versuche, nacheinander die Primzahlen unter den Zimmernummern herauszufinden: 13 … 17 … 19 … 23 … 29 …

Bis ich schließlich auf eine Tür stoße, auf der *keine* Nummer steht. Nichts. Nada. Nur ein Tastenfeld. Fieberhaft überlege ich: Was ist die nächste Primzahl nach 29 – 30? Nein. 31? Ja! Mit zitternden Fingern tippe ich 31 ein. Und tatsächlich: Ein leises *Klick!* ist zu hören, dann springt die Tür auf. Vorsichtig stoße ich sie weiter auf und werfe einen Blick auf das, was hinter der Tür ist. Sie führt auf einen betonierten Hof. Begeistert mache ich den ersten Schritt in die Freiheit hinaus. Und trete prompt auf einen Lasersensor. Eine Alarmsirene heult auf. Der Lärm trifft mich wie ein Tiefschlag in die Magengrube.

6

Notausgang

Drei Sicherheitsleute stürmen in den Hof. Ich wirble herum, will fliehen ... und muss entdecken, dass die Tür hinter mir zugefallen ist. Und erst jetzt wird mir klar, dass der Hof ein Innenhof ist: Auf allen vier Seiten ragt das Gebäude in den Himmel. Doch hinter den drei Wärtern entdecke ich ein grün leuchtendes Notausgang-Zeichen. Es scheint mein einziger Fluchtweg zu sein. Aber um zum Ausgang zu kommen, muss ich erst mal die drei Wärter ausschalten.

Schon stürmt der erste mit erhobenem Schlagstock heran. Ich blockiere den Schlag und ramme ihm die Faust hart in die Magengrube. Er knickt zusammen und nach einem brutalen Ellbogenstoß gegen die Schläfe geht er vollends zu Boden.

Der zweite fackelt nicht lange und greift hart an. Ich kann mich mit einem Sprung zur Seite retten und setze mit einem Roundhouse-Kick in den Unterleib nach. Doch dieser Bursche ist kräftiger gebaut; er steckt den Tritt weg. Seine Faust schnellt wie ein Hammer hervor und zielt auf meinen Kopf. Doch mein Überlebensinstinkt hat die Kontrolle übernommen: Ich tauche unter dem Schlag weg und setze mit einem

Schwinger nach, sofort gefolgt von einem blitzschnellen Aufwärtshaken. Und beide Schläge sind Volltreffer. Der Wärter taumelt zurück und ich schalte ihn mit einem Axe-Kick direkt auf die Nase aus.

Mein Vater hat mir Taekwondo beigebracht. Doch ich bin selbst verblüfft, wie gut ich die Techniken noch immer beherrsche. Im Moment fühle ich mich fast so kampfstark wie mein VK-Avatar.

Der dritte Wärter ist nicht nur größer und stärker als die beiden anderen – er ist jetzt auch vorgewarnt. Deshalb stürmt er nicht kopflos heran, sondern wartet darauf, dass ich ihn angreife.

Aber die schnellen Siege über seine beiden Kollegen haben mein Selbstvertrauen gestärkt. Ich greife ihn mit einem Side-Kick an, gefolgt von einem Back-Kick. Aber er wehrt beide Kicks ab wie lästige Fliegen und antwortet mit einem derart mächtigen Front-Kick, dass ich mehrere Meter weit über den Hof geschleudert werde. Ich komme zwar sofort wieder auf die Füße, aber ein irrer Schmerz zuckt durch meine Brust. Der Wärter greift sofort wieder an. Wir tauschen ein paar harte Faustschläge, doch dann erwischt er mich mit einem Aufwärtshaken am Kinn. Sterne sprühen vor meinen Augen; ich taumle zurück.

»Mehr hast du nicht zu bieten, Zwerg?«, grunzt der Muskelprotz.

Das macht mich nun richtig wütend, deshalb stürme ich los und schnelle durch die Luft, wobei ich mich mitten im Sprung herumwerfe und ihn mit einem Spinning-Hook-Kick direkt am Kopf erwische. Mein Absatz kracht gegen seine Schläfe. Er stürzt um wie ein gefällter Baum. Ich bin fast so verblüfft wie der Wärter: Woher kommt meine unglaubliche Kraft? Aber zum Jubeln bleibt mir keine Zeit. Hinter mir fliegt krachend eine der Türen auf und ein Trupp Sicherheitsleute stürmt in den Hof. Ich sprinte zu der Tür mit dem grünen Fluchtwegzeichen und reiße sie auf: Sie führt in ein Treppenhaus. Ich rase ein paar Stockwerke hinauf. Von weiter unten höre ich die schweren Kampfstiefel meiner Verfolger auf der Treppe; das ganze Treppenhaus erbebt unter ihrem Getrampel. Die Treppe scheint kein Ende zu nehmen, doch schließlich endet sie an einer weiteren Tür. Außer Atem reiße ich sie auf und stürme auf ein Flachdach hinaus.

Mit einem kurzen Sprint erreiche ich die Dachkante und spähe hinunter: Die Straße liegt gut zwanzig Stockwerke unter mir. Verzweiflung packt mich, als ich mich nach einem anderen Fluchtweg umblicke. Das Nachbargebäude ist nicht sehr weit entfernt; sein Flachdach liegt ein wenig tiefer. Aber selbst für mich ist der Sprung zu weit – fast zehn Meter! Unmöglich!

Ein Trupp von Wärtern schwärmt über das Dach aus, um mich zu umzingeln, die Schlagstöcke zum Angriff erhoben. Ich drehe mich um und stelle mich ihnen entgegen. Sofort wird mir klar, dass ich keine

Chance habe: Ich kann es nicht mit allen gleichzeitig aufnehmen. Ich kann mich gefangen nehmen lassen … oder das Unmögliche versuchen – und sterben.

Ich nehme Anlauf, jage auf die Dachkante zu und stoße mich mit einem gewaltigen Satz ab. Mit wild rudernden Armen und Beinen versuche ich verzweifelt, mich noch ein paar Zentimeter weiter zu treiben, um den gewaltigen Abgrund zu überwinden. Das gegenüberliegende Dach scheint auf mich zuzufliegen … und blanke Todesangst packt mich, als mir klar wird, dass ich es nicht schaffen werde.

7

Der Test

Unglaublich starke Schmerzen jagen in Wellen durch meinen Körper; Arme und Beine fühlen sich an wie zersplittertes Glas. Ich schmecke Blut im Mund.

Aber ich bin nicht tot. Tatsächlich wird mir allmählich bewusst, dass ich keinen einzigen Knochen gebrochen habe.

Mühsam öffne ich die Augen. Drei junge Gesichter starren auf mich herab: zwei Jungen und das Mädchen mit dem schwarzen Make-up-Streifen über den Augen. Das Mädchen, das mich mit dem Elektroschocker ausgeschaltet hat.

»Er ist tatsächlich ein Elite-Gamer!«, ruft der kleinere der Jungen. Er ist fast noch ein Kind, mit dicken Wangen, Brille und einem wirren, blonden Haarschopf. »Genau so einen brauchen wir. Jetzt kann uns nichts mehr aufhalten, nicht mal der Sensenmann …«

»Halt die Klappe, Spam!«, blafft ihn das Mädchen an. »Wir wissen nichts über den Typen hier. Außer dass er sich nach dem Tod sehnt.«

»Sei nicht so hart mit ihm«, sagt der andere Junge. Er ist groß und kräftig und trägt ein ausgebleichtes T-Shirt mit einem gelben Pac-Man-Logo auf der Brust, das sich über den muskulösen Brustkorb und den Bizeps spannt. »Niemand ist im Test jemals so weit gekommen, nicht mal du, Java.«

Das Mädchen, Java, wirft dem Jungen einen giftigen Blick zu. »Er hat versagt. Er ist *gestorben*, Mann! Der nützt uns nichts.«

Jemand hüstelt leise und alle drehen sich zu einem schlanken, dunkelhäutigen Mädchen um. Braune Locken fallen ihr über die Augen. Sie sitzt vor einer der Analystenkonsolen. »Ihr solltet euch erst mal seine synaptischen Messdaten anschauen«, schlägt das Mädchen vor. Alle versammeln sich um den Monitor. Mir ist inzwischen klar geworden, wo ich mich befinde: Ich liege in einem selbst gebauten PlayPod. Der ist nicht mit den durchgestylten Einheiten von Vince Power zu vergleichen. Er ist auf die absolut wichtigen Bauteile beschränkt. Überall liegen Schaltkreise, Platinen, Ersatzteile und Metallabfälle herum, sodass der Raum wie eine Computerreparaturwerkstatt aussieht. An der Zentralkonsole sind noch drei weitere PlayPods angeschlossen, in denen jedoch niemand sitzt.

Ich schiebe die Kapuze mit dem Headset vom Kopf und sofort flauen die pochenden Schmerzen in meinem Körper ab. Erst jetzt wird mir klar, dass meine Gefangennahme und meine Flucht nicht in der Realwelt stattgefunden haben. Mein Sturz vom Dach war nichts als programmierte Illusion. Und meine Schmerzen wurden vom Computer verursacht.

Ich war in eine virtuelle Arena eingeloggt!

Auf dem Konsolenmonitor leuchten die Daten meines Kampfs gegen die Wärter auf.

Das Mädchen an der Konsole studiert die Daten auf dem Monitor. »Seine Reaktionszeit ist unter 50 Millisekunden«, erklärt sie sachlich. »Das heißt, er ist sogar volle zehn Millisekunden schneller als Pac-Man hier.« Sie deutet mit einer Kopfbewegung auf den kräftigen Jungen, dann schaut sie mich an und fügt hinzu: »Unser neuer Freund hat nicht mal eine Minute gebraucht, um die Sache mit den Handfesseln herauszufinden – er hat erkannt, dass sie sich umso enger zusammenziehen, je mehr er gegen die Fesseln ankämpft. Er hat den einzigen Weg aus dem Weißen Raum entdeckt. Und dann hat er auch noch die richtige Primzahl herausgefunden und damit den Fluchtweg aus dem Labyrinth.«

Auf meinem Gesicht breitet sich ein Grinsen aus. Das waren Tests, und ich habe sie alle bestanden! Aber wofür?

»Hör schon auf, Cookie! Sonst bildet er sich ein, er sei Supermann«, sagt Java warnend. »Und vergiss nicht, er hat den Alarmsensor ausgelöst.«

Cookie zuckt die Schultern und dreht sich zu uns um. »Den Sensor hab ich so programmiert, dass er auf jeden Fall losgeht – um direkt im Anschluss die Kampffähigkeit des Gamers zu testen.«

»Genau – und er hat die Wärter ausgeschaltet!«,

wirft Spam ein. Er boxt in die Luft, während er auf dem Monitor verfolgt, wie mein Avatar den letzten Wärter, den Muskelprotz, zu Boden schickt. »Schaut euch nur mal diesen Spinning-Hook-Kick an!«

»Ja, der war cool«, nickt Pac-Man und zwinkert mir zu. »Den musst du mir unbedingt beibringen, Scott.«

»Äh ... ja, klar, mach ich ...«, stottere ich. »Aber ich verstehe nicht ganz, was hier eigentlich los ...«

»Kapiert ihr nicht, was ich euch sage?«, faucht Java. »Dieser Typ hier hat totale Todessehnsucht! Der ist vom Dach gesprungen! Auf so einen können wir uns nicht verlassen!«

»Entschuldigung!«, mische ich mich wütend ein. »Ich will jetzt endlich wissen, worum es hier geht!« Aber sie streiten sich einfach weiter.

»Er hat sich genau überlegt, was er macht«, sagt Cookie, hebt die Augenbrauen und schaut die anderen spöttisch an. »Hat einer von euch schon mal den Sprung versucht?«

Java verschränkt trotzig die Arme. »Natürlich nicht! Weil er total unmöglich ist!«

»In Virtual Kombat ist nichts unmöglich«, sagt eine Stimme hinter mir. Sie klingt so weich wie Samt.

Ich schnelle herum, zu Tode erschrocken. Ein paar Meter entfernt sitzt ein Mann mit silbernem Haar und blendend weißem Lächeln: Vince Power.

8

Die Hacker

Schnell bücke ich mich nach einem der Metallrohrstücke, die auf dem Boden herumliegen, und schwinge es drohend herum, um Vince Power und die anderen abzuwehren.

»Leg das Rohr weg, Scott«, befiehlt Vince gelassen.

Aber ich packe die Waffe nur noch fester. »Ich spiele Ihre Spielchen nicht mehr mit, Vince!«

Der Mann lässt ein hohles, verächtliches Schnauben hören. »Vince? Ich bin nicht Vince.«

Ich starre ihn misstrauisch an. »Nein? Wer sind Sie dann?«

»Sein Bruder. Oder genauer: sein Zwillingsbruder.«

»Sein Bruder?« Ich spüre, dass mir vor Schock und Erschöpfung die Knie weich werden.

»Mein Name ist Pentium«, fährt der Mann fort. Er gleitet mit leisem Summen näher, in einem Elektro-Rollstuhl. »Und wenn ich deine Reaktion bei meinem Anblick richtig deute, musst du Vince fast so sehr hassen wie ich.«

Jetzt, im Licht und aus der Nähe, sehe ich, dass sein Gesicht blass und faltig ist. Er sieht Vince zwar sehr ähnlich, hat aber nicht dessen sonnengebräunte, glatte Haut. Ich senke das Rohr. Pentium deutet zur Tür. »Kommt, essen wir erst mal was. Dann erkläre ich dir alles.«

Zögernd folge ich Pentium und den anderen durch einen tunnelähnlichen Flur in einen düsteren Vorraum. An den Wänden stehen alte Fahrscheinautomaten, und ein paar abgeschaltete Rolltreppen führen nach unten in die Dunkelheit.

»Wo sind wir?«, frage ich.

»In einer stillgelegten U-Bahn-Station«, erklärt Spam fröhlich. »Das perfekte Versteck. Hier kann uns keine Wespe aufspüren. Dabei sind wir direkt unter ...« Aber Spam bricht ab, als ihm Java einen warnenden Blick zuwirft.

Wir gehen durch eine Tür, auf der »Kein Zutritt für Unbefugte« steht. Dahinter befindet sich eine kleine Kantine mit einem funktionierenden Essensautomaten. Ich bestelle Hähnchen mit Nudeln und setze mich zu den anderen an einen der Tische. Mein Hunger ist stärker als meine Neugier, deshalb schlinge ich zuerst das Essen hinunter. Erst dann fange ich an, meine Fragen zu stellen.

»Also, Leute: Wer seid ihr?«

»Wir sind die VKR – die Virtual Kombat Rebellion«, antwortet Spam stolz.

Ich runzle die Stirn. »Hab noch nie was von euch gehört.«

»Gut«, sagt Java in eiskaltem Ton. »Und so soll es auch bleiben.«

Ich schaue sie misstrauisch an. »Warum? Was habt ihr vor?«

»Ich muss dir zuerst einmal die Hintergründe erklären, Scott«, mischt sich nun Pentium ein und rollt zum Kopfende des Tisches. »Die Welt mag glauben, dass Virtual Kombat von Vince Power erfunden und geschaffen wurde, aber so ist es nicht. In Wirklichkeit habe *ich* das ganze Spiel programmiert.«

Ich blinzle ihn geschockt an. In jedem Werbespot, in allen Nachrichtensendungen, wo auch immer über VK berichtet wurde, überall hieß es, dass Vince Power das Spiel ganz allein geschaffen habe.

»Ich konnte schon immer besser mit Computern umgehen«, fährt er fort. »Dafür hatte mein Bruder mehr Kreativität, Charisma, Verkaufstalent – also alles, was man braucht, um eine gute Idee zu einem weltweiten Verkaufsschlager zu machen. Wir waren ein super Team und am Anfang war Virtual Kombat eine sehr gute Sache. Genau so ein Spiel brauchten die Menschen, um sich von der tödlichen Gefahr draußen abzulenken und für eine Weile aus dem Schrecken der realen Welt fliehen zu können.«

Pentium nimmt einen Schluck Vita-Shake, aber seine Hand zittert vor Anstrengung, als er den Becher zum Mund führt.

»Ja, eine gute Sache – bis Vince alles einen Schritt zu

weit trieb«, sagt Pentium. »Irgendwann fiel ihm auf, dass das Spiel immer gewalttätiger wurde, je mehr Spieler daran teilnahmen. Die Leute mochten das und wir verdienten immer mehr Geld damit. Und Vince wollte nicht mehr damit aufhören – nicht einmal, als wir entdeckten, dass die Hoodies im Gehirn der Kids einen Burn-out verursachen konnten. Nein, er *verkaufte* die Idee an die Meistbietenden! ›Kill for Real‹, war jetzt sein Slogan. Töten, aber in echt! Mord ohne Strafe!«

Mir hat es fast die Sprache verschlagen. *»Ihr … ihr wisst es also auch?«*, stoße ich hervor. »Dass er damit unschuldige Kids tötet?«

Pentium und die anderen nicken ernst.

»Für mich war damit der Punkt gekommen, den Stecker zu ziehen«, fährt Pentium fort. »Ich wollte VK abschalten, aber Vince war absolut dagegen. Wir verdienten einfach zu viel Geld damit. Und inzwischen hatten wir auch zu viel Macht. Deshalb hat er mich gegen meinen Willen in das Spiel eingeloggt. Er setzte sogar eine hohe Belohnung für den Gamer aus, der meinen Avatar tötete! Vince sabotierte mein Hoodie und deaktivierte die ESCAPE-Funktion, um ganz sicherzugehen, dass ich nicht mehr lebend herauskam. Aber er wusste nicht, dass ich dem Spiel ein paar Hintertüren als Notausgänge einprogrammiert hatte.«

Unwillkürlich muss ich grinsen, als ich das höre. »Ich weiß, ich hab eine benutzt, um aus VK zu fliehen.«

»Sehr gut – ich bin froh, dass du unverletzt herausgekommen bist«, nickt Pentium. »Ich selbst hätte es beinahe nicht geschafft. Ich war dem Tod nahe – mein Energie-Level zeigte nur noch 2 %, als ich die Tür erreichte. Ein Wunder, dass ich keinen totalen Burnout hatte. Aber ich lag monatelang im Koma, und als ich aufwachte, musste ich entdecken, dass ich von der Hüfte abwärts gelähmt war.« Pentium klopft leicht auf die Rollstuhllehne und seufzt tief. »Vince ließ mich in einem Hochsicherheits-Hospital wegsperren. Er besuchte mich nie und ist bis heute völlig überzeugt, dass ich noch dort bin.«

Ich starre Pentium an, dann auch die anderen seines Teams. Plötzlich verspüre ich eine Mischung aus Erleichterung und Hoffnung in mir aufsteigen. Erleichterung, dass ich nicht der Einzige bin, der das dunkle Geheimnis von Virtual Kombat kennt. Und Hoffnung, dass ich bei diesen Leuten die Verbündeten finden werde, die ich so dringend brauche. »Und welches Ziel hat die VK-Rebellion?«

Ein schlaues Grinsen breitet sich auf Pentiums Gesicht aus. »VK abzuschalten. Für immer. Und deshalb frage ich dich: Willst du dich unserem Kampf anschließen?«

Das muss er mich nicht zweimal fragen. Ich nicke lächelnd. »Genau das ist auch mein Plan. Ich bin dabei.«

9

Der Plan

Gähnend betrete ich am nächsten Morgen zusammen mit Spam den Konsolenraum. Gestern nach dem Abendessen hatte ich mich im Schlafsaal – einer Reihe einfacher Stockbetten in einem alten Lagerraum – auf ein freies Bett geworfen, so müde, dass ich auf der Stelle eingeschlafen war. Ohne auch nur die Schuhe auszuziehen!

Jetzt blicke ich mich um. Cookie sitzt bereits an einer Konsole, in ihre Programmierarbeit vertieft. Pac-Man bereitet die PlayPods vor und Java sitzt mit Pentium in einer Ecke; sie reden im Flüsterton miteinander. Nur fünf Leute außer mir.

»Sind das hier *alle* VK-Rebellen?«, frage ich entgeistert.

»Na ja ... es gab noch ein paar mehr«, gibt Spam zu. Er rückt die Brille zurecht und lächelt mich traurig an. »Aber das Spiel hat ein paar Opfer gekostet.«

Plötzlich bin ich nicht mehr so sicher, ob es die richtige Entscheidung gewesen ist, mich der Virtual-Kombat-Rebellion anzuschließen. Mit so wenigen Verbündeten ist die Aufgabe, den allmächtigen Vince

Power zu besiegen und VK zu vernichten, ziemlich aussichtslos.

»Bist du sicher, dass wir ihn aufnehmen sollten?«, zischt Java Pentium zu, laut genug, dass ich es höre.

»Wir brauchen einen Elite-Gamer, der auch mal ein Risiko eingeht«, antwortet Pentium.

»Ja, aber nicht auf unsere Kosten!«, widerspricht Java heftig.

»Du selbst hast ihn angeschleppt!«

»War ein Fehler!«, gibt sie scharf zurück.

»Hast du denn nicht …«, fängt Pentium an, doch dann sieht er mich in der Nähe stehen und lächelt. »Ah, Scott!« Java schnaubt verächtlich und stolziert zu den PlayPods hinüber.

»Was hat sie gegen mich?«, frage ich.

Pentium seufzt und erklärt: »Java sorgt sich ständig um ihr Team. VK hat ihr schon die Schwester genommen.«

»Oh … das tut mir leid.« Da ich meine beste Freundin an das Spiel verloren habe, kann ich gut verstehen, wie wütend und aufgewühlt Java sich fühlen muss.

»Sie weiß, dass ein einziger Fehler zum Tod führen kann«, fährt Pentium fort. »Aber wir müssen unsere Sache vorantreiben, wenn wir mit unserem Plan Erfolg haben wollen.«

»Welchen Plan haben wir denn?«, frage ich.

Pentium lenkt den Rollstuhl zur Konsole hinüber. »Das kann dir Cookie besser erklären als ich.«

Cookie speichert noch schnell Pac-Mans Mods auf dessen Avatar ab, dann dreht sie den Kontrollsessel zu mir herum. »Theoretisch ist die Sache ziemlich einfach. Mit dieser Konsole hier hacken wir uns in das VK-Spiel und schleusen dich mit dem Team in die virtuelle Arena. Sobald ihr drin seid, installiert ihr ein Virus, das VK vernichten wird.«

Ich runzle die Stirn. »Wenn du das Spiel hacken kannst, dann kannst du dabei doch auch gleich das Virus freisetzen? Warum sollen wir unser Leben im VK riskieren, wenn es auch einfacher geht?«

»Das Programm ist natürlich besonders gut gesichert«, erklärt Cookie. »Es wird durch mehrere Firewalls geschützt. Die würden das Virus sofort entdecken und vernichten, bevor es auch nur in die Nähe des Kernprogramms kommt. Aber sobald wir das Virus dem Spiel eingepflanzt haben, verhält es sich wie eine Krebszelle im menschlichen Körper: Es vervielfältigt sich und breitet sich immer weiter aus. Nichts kann es dann noch aufhalten.«

»Und wo genau müssen wir das Virus installieren?«, will ich wissen.

»In der Krone.«

»Ich weiß, wo die Krone ist«, rufe ich aus. »Ich habe sie gesehen, in der Zitadelle!«

Cookie schüttelt den Kopf. »Das ist nicht die *echte* VK-Krone. Das war ein Fake – eine Täuschung. Die Krone ist die höchste Ebene von VK – das Letzte Level.

Wer es bis dort hinaufschafft, hat die Kontrolle über das gesamte Spiel.«

Java dreht sich auf ihrem PlayPod zu uns um. »Auf diesem Letzten Level«, wirft sie ein, »befindet sich das virtuelle Terminal. Das ist der Zugang zum Kernprogramm des Spiels. Und in diesem Kern müssen wir das Virus installieren. Dann … WUMM!« Mit boshaftem Grinsen öffnet sie blitzschnell beide Fäuste, um die Explosion anzudeuten. »Und alles ist vorbei.«

»Klingt einfach«, meine ich.

»Ist es aber wirklich nicht«, schnaubt Pac-Man und steigt in seinen PlayPod. »Wir sind immer noch drei Levels davon entfernt. Und außerdem müssen wir erst mal am Sensenmann vorbeikommen.«

»Jep«, nickt Spam. Er sieht plötzlich blass aus, als er in seinem Sitz die Gurte umlegt. »Der Sensenmann ist unbesiegbar. Wir haben es schon fünfmal versucht, und jedes Mal hätte er uns beinahe getötet!«

»Können wir nicht ein Level überspringen?«, frage ich. »Um dem Sensenmann aus dem Weg zu gehen?« Ich drehe mich zu Pentium um. »Sie kennen doch bestimmt ein paar Tricks oder eine Abkürzung?«

Pentium schüttelt den Kopf. »Ich habe zwar VK selbst programmiert, aber Vince hat das Spiel inzwischen von seinen Analysten gründlich überarbeiten lassen. Sie haben viele Elemente verändert, um das Spiel anspruchsvoller, schwieriger und profitabler zu machen. Außerdem musste ich das virtuelle Terminal so tief im Spiel vergraben, dass es meinem Bruder nicht auffallen würde. Nein – ich fürchte, der einzige Weg ist, das Spiel nach den Regeln weiterzuspielen.«

Java springt in ihren PlayPod. »Also, worauf wartest du noch, Wespenjunge?«

Aber ich zögere. »Werden es die Analysten nicht bemerken, dass wir uns in das Spiel gehackt haben?«

Cookie beißt sich auf die Unterlippe. »Sollten sie eigentlich nicht merken. Wir benutzen die Avatare von toten Gamern. Und wir sind ja auch nur vier Spieler unter vielen Millionen, gut möglich, dass wir gar nicht auf ihrem Schirm auftauchen. Na ja, jedenfalls war es bisher so.«

Ich verdränge meine Nervosität, steige in den leeren PlayPod und schnalle mich an.

Cookie führt noch einen letzten Systemcheck durch, dann sagt sie: »Es gelten dieselben Regeln, die du schon kennst. Auch das Burn-out-Risiko ist dasselbe. Wenn du im Game stirbst, stirbst du auch in Wirklichkeit. Und weil wir uns in das Spiel hacken, gibt es keinen ESCAPE-Schalter. Aber Pentiums Hinterausgänge sind immer noch da – und sie sind eure *einzige* Möglichkeit hinauszukommen.«

»Großartig«, sage ich mit gezwungenem Lächeln. »Sonst noch was, das ich wissen sollte?«

Während sich der silberne Helm des Hoodie bereits über meinen Kopf senkt, fügt Cookie hinzu: »Ja, da ist noch eine Kleinigkeit: Die Sache läuft über WLAN.

Wenn die Drahtlosverbindung abreißt, kommst du nicht mehr aus dem Spiel heraus. Nie mehr.«

»Was?«, schreie ich entsetzt. Aber es ist schon zu spät.

Ich bin bereits eingeloggt.

10

Der Sensenmann

Vor mir ragt ein Berg auf, so hoch, dass ich den Gipfel nicht sehen kann. Ein Wasserfall rauscht an einer Seite in einen See hinunter. Am Fuß des Bergs befindet sich eine Höhle; der Eingang ist so zerklüftet und scharfzackig wie das Maul eines Krokodils. Wieder einmal versetzen mich die schiere Größe, die Detailgenauigkeit und die Lebensechtheit der VK-Welt in Erstaunen.

Eine Amazonenkriegerin steht neben mir. »Die Höhle ist das nächste Level«, sagt sie. Sie trägt einen Lederpanzer und ein silbernes Schwert. Ein schwarzer Streifen zieht sich quer über ihre Augen. Daran erkenne ich Java. Ich blicke an mir hinab. Mein Avatar ist ein Kickboxer: schwarze Kickboxschuhe, rote Hose, ein weißes, eng anliegendes T-Shirt über prallen Muskeln.

»Wenn alles schiefläuft, kannst du dich hinter den Wasserfall retten«, sagt eine lässige Stimme in meinem Rücken. Ich drehe mich um. Pac-Mans Avatar ist ein Cowboy – er trägt eine Wildlederjacke mit Fransen und zwei Colts am Gürtel. Sein Gesicht ist von Wind und Sonne braun gegerbt. »Dort ist eine Hintertür«, erklärt er.

Ich nicke. Im selben Moment prallt Spam gegen mich.

»Sehe überhaupt nichts mit diesem Ding!«, beschwert er sich und lässt das Visier seines Helms nach oben klappen. Sein Avatar ist ein Space Trooper; er ist mit einem Lasergewehr bewaffnet.

»Das Outfit hast du dir doch selbst ausgesucht!«, schnaubt Java verächtlich und macht sich auf den Weg zur Höhle.

»Aber nur, weil diese Rüstung am besten schützt!«, antwortet Spam und tappt schwerfällig hinter ihr her.

Pac-Man und ich folgen den beiden. Der mächtige Höhleneingang verschmälert sich zu einem Tunnel, so dunkel wie eine mondlose Nacht. Spam schaltet die Helmlampe an. Die Wände glänzen feucht wie schwarzes Blut. Je tiefer wir eindringen, desto kälter wird es.

Pac-Man zieht beide Revolver. »Aufpassen! Die Geister des Sensenmanns sind hier irgendwo.«

Als ich Pac-Mans Revolver, Spams Gewehr und Javas Schwert sehe, wünsche ich mir, auch ich hätte eine Waffe. Aber ich habe nur meine Fäuste, die ich kampfbereit recke. Nach einer Weile mündet der Tunnel in einen riesigen Höhlenraum. Es riecht entsetzlich nach Schwefel – ein Gestank wie faule Eier, der aus einem See von rot glühender Lava aufsteigt.

Plötzlich schwingen sich schwarze Geistergestalten auf uns herab. Spam feuert sofort. Seine Laserstrahlen brechen Felsbrocken aus den Wänden. Java schwingt das Schwert und hackt einen der Geister entzwei, der sich in Asche verwandelt und zu Boden rieselt. Pac-Man schießt drei weitere Geister ab. Ich ducke mich unter einer schwarzen Gestalt weg, die sich auf mich stürzen will, und versetze einem weiteren Geist einen Aufwärtshaken. Aber es ist, als würden Faust und Arm in einem Eisblock verschwinden. Ich spüre eisige Kälte, aber keinerlei Widerstand. Der Energie-Level meines Avatars beginnt zu sinken: 98 % … 95 % … 90 % …

»Nicht berühren!«, brüllt Java mir zu. Mit einem Schwerthieb zerhackt sie den Geist an meinem Arm zu Asche.

»Wie soll ich sie denn sonst töten?«, frage ich und schüttle das kalte Taubheitsgefühl aus dem Arm.

»Gar nicht«, gibt sie zurück. »Das ist unser Job. Du kümmerst dich um *ihn*.« Mit einer Kopfbewegung deutet sie auf den See.

Ich drehe mich um. Aus dem Lavasee steigt der Sensenmann heraus. Als würde er auf der glühenden Masse gehen, schwebt er in seinem grauen Umhang auf mich zu, eine lange Sense in den Knochenhänden. Und mit unglaublicher Geschwindigkeit zischt die Sense durch die Luft. Ich schaffe es mit knappster Not, über die tödliche, messerscharfe Klinge zu springen und ihm einen Fuß in die Brust zu rammen. Aber mein Fuß stößt ins Leere; der Umhang zerfällt zwar zu

Asche, aber der Sensenmann ist nicht getroffen. Schon fährt die Sense auf meinen Nacken herab, was mich fast den Kopf kostet. Ich kicke, schlage, stoße mit aller Kraft und Geschicklichkeit, die ich besitze – aber es ist, als kämpfte ich gegen die Luft.

Inzwischen haben die anderen alle Geister ausgeschaltet und kommen mir im Kampf gegen den Sensenmann zu Hilfe. Aber auch ihre Kugeln und Laserstrahlen gehen einfach durch ihn hindurch. Als Java mit dem Schwert auf ihn einhackt, verwandelt er sich in Rauch.

»Man kann ihn nicht töten!«, brülle ich frustriert.

»Wissen wir!«, gibt Java zurück, während sie sich nach dem Sensenmann umblickt. »Deshalb hatten wir gehofft, dass ihn ein Elite-Gamer wie du besiegen kann. Aber offensichtlich kannst du das auch nicht!«

Plötzlich erscheint der Sensenmann wie aus dem Nichts direkt vor Spam. Er trägt wieder einen Umhang. Blitzschnell schneidet die Sense quer über Spams Space-Trooper-Brust. Spam stürzt zu Boden und der Sensenmann holt zum Todesstoß aus.

Ich konzentriere mich auf die Sense. Sehe, wie die Klinge durch die Luft schneidet und auf Spam niedergeht. Sehe, wie Spam in Todesangst den Mund zu einem Schrei aufreißt …

Und als ich mich voll und ganz auf jede Einzelheit des Todesstoßes konzentriere, werden die Bewegungen des Sensenmannes langsamer. Ich stürze vor und kicke mit voller Kraft gegen den langen Sensenstiel, der unter der Wucht zersplittert. Ein schriller Schrei ertönt und der Sensenmann verschwindet. Sein Umhang fällt leer zu Boden und bleibt rauchend in einem grauen Aschehaufen liegen.

11

Roter Ninja

»Wie hast du das gemacht?«, keucht Spam, der neben dem qualmenden Aschehaufen auf dem Boden liegt. Blut sickert aus der Wunde auf seiner Brust.

»Trigger Time«, antworte ich. Das Team schaut mich verständnislos an. »Wenn man sich intensiv genug auf eine Bewegung konzentriert, kann man ihre virtuelle Zeit verlangsamen«, erkläre ich weiter. »Dein Verstand muss dann schneller sein als das Spielprogramm, wenn es die nächsten Informationen an dein Hirn schickt. Das nennt man Trigger Time. Aber sie dauert immer nur ein paar Sekunden.«

»Das erklärt deine Reaktionsschnelligkeit«, sagt Java. »Aber mit der Trigger Time hast du nur die Sense zerstört. Wie hast du den Sensenmann getötet?« Sie hilft Spam wieder auf die Füße und reicht ihm eine Medi-Packung. Sein Energie-Level steigt sofort auf 100 %.

Cookie meldet sich. Sie steht über das Kommunikationssystem ihrer Konsole ständig mit unseren Headsets in Verbindung. »Gibt nur eine Erklärung dafür: Die Sense muss die Energiequelle des Sensenmanns gewesen sein.«

Spam verdreht die Augen. »Und wir haben immer nur versucht, *ihn selbst* zu töten! Wir hätten nur seine Sense vernichten müssen!«

»Großartige Aktion, Scott!«, sagt Pac-Man und klopft mir anerkennend auf den Rücken.

Ich grinse. »Danke, Mann.«

»Kommt schon!«, befiehlt uns Java knapp. Meine Aktion hat sie offensichtlich nicht so beeindruckt wie die anderen. »Wir müssen das Portal zum nächsten Level suchen!«

Wir durchsuchen die Höhle. Nach einer Weile entdecken wir das Portal: Es befindet sich auf der anderen Seite des Lavasees – ein Loch im Boden, in dem funkelnde Lichter, Sterne und kleine Galaxien wild durcheinanderwirbeln.

Wir vier fassen uns an den Händen. Ich halte den Atem an, als wir springen …

Mit einem gewaltigen Lichtblitz verschwinden wir in dem Loch – und finden uns am Rand einer kleinen Stadt im Wilden Westen wieder.

»Dieses Level wird ›Tempel der Zehn Tiger‹ genannt, sagt Pentium«, kommt Cookies Stimme aus dem Headset.

Java runzelt die Stirn. »Und wo soll er sein, dieser Tempel?«

»Kommt vielleicht erst mit dem nächsten Upgrade«, seufzt Spam.

»Wir müssen auf die Markierungspunkte achten«, sagt Pac-Man. Er passt prima in die Szenerie – in seinen Cowboy-Klamotten sieht er von Kopf bis Fuß wie ein Revolverheld aus. Auch die Stadt sieht echt aus. Langsam gehen wir die staubige Straße entlang, an der sich alte Holzhäuser reihen. Schließlich stoßen wir auf eine Kreuzung, die den Mittelpunkt der Stadt bildet. Mittendrin steht ein alter Steinbrunnen.

Cookie meldet sich erneut. »Der Brunnen ist eine Hintertür.«

»Ein Marker!«, ergänzt Spam. »Wenigstens sind wir auf dem richtigen Weg.«

»Aber in welche Richtung gehen wir jetzt?«, frage ich. Im Norden sehe ich einen Wald, im Süden einen See und im Westen eine Wüste. Und jede Richtung wirkt auf mich noch weniger einladend als die anderen.

Java zuckt die Schultern. »Such dir was aus.«

Plötzlich hören wir einen Schrei; er kommt aus der Saloon-Bar. Keine Sekunde später fliegen die halbhohen Schwingtüren auf und ein menschlicher Körper wird auf die Straße geschleudert. Er schlägt auf der staubigen Straße auf und bleibt stöhnend liegen. Drei Cowboys stiefeln aus dem Saloon und auf den Stöhnenden am Boden zu. Der Staub legt sich und ich erkenne die schwarze Kleidung und die Maske eines

Ninja … und unter der Maske quellen ein paar rote Haarsträhnen heraus. Den kenne ich doch!

»Roter Ninja!«, rufe ich verblüfft. Ich war vollkommen überzeugt, dass mein Freund im VK getötet worden sei. Aber jetzt liegt er da vor mir, lebend und … na ja, im Moment lebt er noch. Einer der Cowboys zieht den Revolver und zielt auf den Ninja.

Ich renne hinüber, um Roter Ninja zu helfen, aber Java ruft mir nach: »Lass ihn! Der gehört nicht zu unserer Mission, Scott!«

Das ist mir egal. Ich kicke dem Cowboy den Revolver aus der Hand und lasse einen Faustschlag an seine Schläfe krachen. Sein Stetson fliegt ihm in hohem Bogen vom Kopf und der Cowboy stürzt wie ein gefällter Baum in den Straßenstaub. Aber die beiden anderen schlafen nicht – sie greifen nach den Revolvern. Ich schalte einen mit einem Handkantenschlag an den Hals aus und ramme dem anderen die flache Hand gegen die Nase. Dann schicke ich sie beide mit einem doppelten Flying-Kick zu Boden.

Java applaudiert langsam und spöttisch. »Bin echt beeindruckt, Scott. Schön, du hast ihn gerettet. Aber jetzt komm endlich!«

Ich helfe Roter Ninja auf die Füße. »Alles okay, Roter Ninja?«

Er starrt mich mit misstrauisch zusammengekniffenen Augen an. Doch dann werden seine Augen groß, als er mich erkennt. »Scott?«

Ich nicke, unendlich froh, dass ihm das Spiel noch nicht das Gedächtnis ausgelöscht hat. Letztes Mal, als wir uns begegneten, hat er versucht, mich zu töten.

»Aber welchen Weg müssen wir nehmen?«, fragt Spam. Er dreht sich im Kreis. »Wir haben doch keine Ahnung, wo dieser Tempel der Zehn Tiger ist!«

»Ich weiß es!«, mischt sich Roter Ninja plötzlich ein.

12

Zehn Tiger

»Das ist das Karma«, sage ich zu Java, als wir Richtung Norden durch ein Bambusdickicht marschieren. »Wenn ich meinen Freund hier nicht gerettet hätte, würden wir noch immer in der Gegend umherirren.«

Sie wirft mir nur einen Seitenblick zu. »Wir sind noch nicht da.«

»Wie weit ist es noch?«, frage ich Roter Ninja.

»Ach, nicht mehr weit.« Er trottet neben mir her. »Wo warst du eigentlich die ganze Zeit, Scott? Du warst plötzlich aus der Arena verschwunden.«

»Ich hab's geschafft, aus VK zu fliehen.«

Roter Ninja zieht die Augenbrauen hoch. »Wie hast du *das* gemacht?«

»Ich hab eine …«

»Bist du sicher, dass das der richtige Weg ist?«, unterbricht mich Java brüsk. Der Pfad ist inzwischen kaum noch zu sehen und der Wald wird immer dichter.

Roter Ninja nickt. »Es ist ein verborgener Tempel. Wir müssen immer dem weißen Bambus folgen.«

Tatsächlich ist unter all den grünen und gelben Bambusstämmen auch eine Reihe weißer Stämme zu sehen, die immer tiefer in den Wald führt. Wir folgen den weißen Stämmen, und bald kommen wir an einem Shintō-Schrein vorbei, dessen steinernes Tor völlig mit Moos bewachsen ist.

Cookie meldet sich über das Headset. »Der Schrein ist eine weitere Hintertür.«

»Gut zu wissen«, antwortet Pac-Man laut.

Roter Ninja, der natürlich Cookies Hinweis nicht gehört hat, wirft ihm einen seltsamen Blick zu. Dann beugt er sich ein wenig näher zu mir und flüstert: »Wo hast du denn diese irren Typen aufgelesen?«

»Wir sind …«

»Wir suchen die Krone«, schneidet mir Java das Wort ab. »Wie alle anderen auch.«

Roter Ninja grinst. »In Teamarbeit, wie?«

Unvermittelt treten wir aus dem Wald. Wir stehen vor einem großen Tempelhof. Zehn steinerne Tiger auf Podesten säumen einen Pfad, der zu einem riesigen Holzgebäude mit geschwungenem Dach führt.

»Das wird es wohl sein, denke ich«, sagt Spam.

Aufmerksam lässt Java den Blick über den leeren Tempelhof gleiten. »Gefällt mir nicht«, sagt sie misstrauisch und zieht das Schwert.

Wir schleichen auf den Tempel zu, direkt an den zehn Tigern vorbei. Ich spüre ihre Augen, die mich genau zu beobachten scheinen. *Sie sind doch nur aus Stein*, versuche ich mich zu beruhigen.

Doch dann tritt ein Avatar aus dem Tempel. Er trägt

einen langen schwarzen Ledermantel und eine dunkle Sonnenbrille. Mit spitz gefeilten Zähnen grinst er mich an.

Ich schnappe unwillkürlich nach Luft. Mein Erzfeind: Shark.

»Na, endlich sehen wir uns wieder, Scott!«, knurrt er und ballt die Fäuste. Zwei Blazer zucken aus seinen Knöcheln hervor. Die Laserklingen knistern vor Energie, zwei Mods der höchsten Kategorie. Shark lässt die Klingen grell aufleuchten und bellt: »Tiger – erwacht!«

Die Steinstatuen werden lebendig und springen mit Funken sprühenden Augen und gefletschten Reißzähnen von ihren Podesten. Java wirbelt herum und erlegt einen mit einem Schwerthieb, als er sich auf sie stürzt, aber ein zweiter fällt sie von hinten an und gräbt seine scharfen Krallen in ihren Lederpanzer. Spam feuert mit seinem Lasergewehr; die Energiestrahlen sprengen drei weitere Tiger buchstäblich auseinander. Pac-Man hat der Angriff eines Tigers so überrumpelt, dass er keine Zeit mehr hatte, seine Colts zu ziehen; er ringt das Raubtier mit bloßen Händen nieder. In dem ganzen Kampfgewirr ist Roter Ninja wie vom Erdboden verschwunden.

Shark kommt mit grell leuchtenden Blazern auf mich zu. »Dieses Mal fackle ich dich ab!«

Er schlägt so schnell zu, dass ich die Klingen kaum kommen sehe. Eine Klinge trifft mich am Arm. Der Gestank von verbranntem Fleisch füllt die Luft und ich schreie auf vor Schmerzen. Mein Energie-Level sinkt schlagartig auf 80 %. Dem nächsten Angriff kann ich ausweichen und mit einem Side-Kick darauf antworten. Aber Shark lässt meinen Kick mit einer blitzschnellen Körperdrehung ins Leere gehen und blazert meinen Oberschenkel. 69 %. Ich taumle ein paar Schritte zurück und frage mich, wie er so schnell reagieren konnte.

Dann erinnere ich mich schlagartig: Auch Shark beherrscht die *Trigger Time*!

Als er ausholt, um seine Blazerklingen in meine Brust zu rammen, konzentriere ich mich so intensiv wie möglich auf seine Bewegungen. Ich zerlege sie förmlich in winzige Einzelbewegungen, bis die ganze virtuelle Welt nur noch in Zeitlupe fortschreitet. Sogar die Lichtimpulse des Blazers sind nicht mehr als verschwommene Lichtblitze, sondern als rotes Blinken zu sehen. Jetzt bin ich schneller als er, wenn auch nur für ein paar Sekunden – und schaffe es, den Angriff abzublocken und mit einem vernichtenden Punch in seine Rippen zu antworten. Ich höre die Rippen knacken …

Doch damit endet die Trigger Time auch schon und VK springt mit einem Ruck wieder auf Normalzeit zurück. Sharks rot glühende Blazerklingen stoßen auf mich zu und drängen mich zurück. Mit jedem seiner Hiebe und Stöße sinkt mein Energie-Level weiter … 60 % … 53 % … 42 % …

Ich bin fast am Ende, als Pac-Man den Tiger, mit dem er gerungen hatte, mit einem mächtigen Kraftstoß auf meinen Angreifer schleudert. Das Biest verkrallt sich in Sharks Ledermantel und zerfetzt ihn.

»Rückzug! Hintertür!«, befiehlt Pac-Man, packt mich am Kragen und schleppt mich quer über den Tempelhof.

Auch Spam wendet sich zur Flucht. Er wirft sich die verletzte Java über die Schulter und stolpert hinter uns her. Roter Ninja ist nirgends zu sehen.

Wir rasen in den Wald zurück. Die Tiger jagen zähnefletschend hinter uns her. Schon kommt der Shintō-Schrein ins Blickfeld – nur noch ein paar Meter, eine irre Flucht zwischen den Bambusstämmen hindurch. Aber die Tiger sind uns dicht auf den Fersen; als die erste Bestie sich auf uns stürzen will, werfen wir uns durch das Tor …

13

Shark

»Wer zum Teufel war das denn?«, schreit Java, als sie aus ihrem PlayPod steigt. Sie humpelt zu mir herüber; ihre virtuellen Wunden sind noch nicht abgeklungen. »Da drin wäre fast das ganze Team umgekommen!«, brüllt sie mich an.

»Krieg dich wieder ein, Java«, versucht Pac-Man sie zu beruhigen, während er sein Hoodie hochschiebt. »Wir haben es überlebt, ist doch die Hauptsache, oder nicht?«

Java starrt ihn wütend an. »Ich war auf 15 %! Ich hätte geröstet werden können!« Sie dreht sich wieder zu mir um. »Also: Wer war dein Kumpel mit den Blazerklingen?«

»Shark«, stöhne ich. Mühsam richte ich mich in meinem PlayPod auf. Das Schmerzecho von den Blazerwunden pocht immer noch heftig durch ein Bein und einen Arm. »Er war schon mein Feind, als wir noch auf der Straße lebten. Ist mir sogar ins VK gefolgt.«

Frustriert wirft Java die Hände in die Luft. »Scott schleppt seine Probleme in unser Team! Erst Roter Ninja, jetzt auch noch dieser Shark! Wusste ich doch, dass er ein Risiko für unsere Mission ist!«

»Roter Ninja hat uns geholfen«, wirft Spam ein.

»Wie bitte?« Java legt den Kopf schief. »Geholfen? Wo war er denn, dein Ninja, als wir gegen zehn Tiger kämpfen mussten?«

Spam zuckt die Schultern. Ich mache mir Sorgen und kann nur hoffen, dass Roter Ninja keinen Burnout hatte.

»Ist wahrscheinlich abgehauen«, meint Pac-Man.

»Kann man ihm nicht vorwerfen«, fügt Spam hinzu.

Cookie lässt die Aufzeichnung unseres Kampfes vor dem Tempel noch einmal auf dem Konsolenmonitor ablaufen. »Scott – warum hast du Trigger Time nicht gegen Shark eingesetzt?«

»Hab ich doch. Aber er beherrscht sie auch.«

»Und offensichtlich viel besser als du«, sagt Java höhnisch. »Vielleicht hätte ich *ihn* ins Team holen sollen und nicht dich!«

»Das ist unfair!«, widerspricht Spam. »Wir sind heute weiter gekommen als in all den Wochen davor!«

»Das stimmt«, sagt auch Pac-Man. »Und das bedeutet, dass wir noch einmal reinmüssen.«

»Aber nicht heute.« Pentium rollt zu uns heran. »Ihr seid viel zu erschöpft. So würdet ihr den Burn-out riskieren oder mindestens einen Gedächtnisverlust. Ihr müsst euch jetzt erst mal eine Weile in der Realwelt erholen.«

»Soll doch Scott allein in der Realwelt abhängen!«, faucht Java wütend. »Mit diesem Shark wird er nicht fertig, und wir wollen niemanden dabeihaben, der ständig neue Gefahren anlockt!«

Damit stürmt sie aus dem Raum. Pentium folgt ihr, um sie zu beruhigen.

Spam hebt nur die Augenbrauen, sagt aber nichts. Pac-Man gibt mir einen freundschaftlichen Schlag auf die Schulter und sagt: »Mach dir wegen Java keinen Kopf, Mann. Sie zickt manchmal ein bisschen rum, wenn sie aus VK kommt. Und ich werde danach immer hungrig. Also, Leute – holen wir uns was zu kauen.«

Er und Spam gehen hinaus; ich folge ihnen zögernd. Mir ist völlig klar, dass Java recht hat. Mit Shark und seinen Blazerklingen werde ich nicht fertig – und deshalb bin ich tatsächlich ein schweres Risiko für das Team.

Ich bin schon fast zur Tür hinaus, als mir Cookie nachruft: »Scott, warte! Schau dir das hier mal an!«

Auf dem Konsolenmonitor läuft die Szene, als Shark mich mit den Blazern angreift. Ich kann den Angriff nicht mehr abwehren. »Ja, klar, er tötet mich beinahe«, seufze ich.

»Nein, das meine ich nicht! Achte mal genau auf den Augenblick, *nachdem* er dich fast tötet!«

Ich beuge mich näher an den Monitor und verfolge aufmerksam, wie Pac-Man den Tiger auf Shark schleudert und mich dann mit sich schleppt. »Hm. Ich sehe nichts. Was genau meinst du?«

Cookie lässt die Sequenz noch einmal ablaufen. »Siehst du, hier?« Sie deutet auf Shark, als der Tiger ihn angreift und ihm dabei die dunkle Sonnenbrille vom Gesicht fegt. Shark kickt den Tiger weg und tastet auf dem Boden nach der Sonnenbrille – wie ein Blinder.

Cookie grinst selbstzufrieden. »Die Sonnenbrille ist ein Mod, vielleicht hilft sie ihm, die Trigger Time zu verstärken. Aber ohne die Brille ist er so blind wie ein Grottenolm.«

14

Trittsteine

»Irgendein Zeichen, dass sich dein Freund Shark in der Nähe befindet?«, fragt Java in gehässigem Ton, als wir zwischen den Bambusstämmen hindurch in die virtuelle Welt starren. Pentium hat es tatsächlich geschafft, Java zu überreden, mich im Team zu behalten, aber sie ist keineswegs überzeugt, dass das die richtige Entscheidung war.

Ich kneife die Augen zusammen, um sie gegen die gleißend helle Sonne zu schützen. Der Tempelhof sieht so verlassen aus wie beim ersten Mal. Die Tiger sitzen alle wieder auf ihren Podesten. »Ich sehe ihn nirgends …«

Hinter uns knackt es, wir alle fahren herum und ziehen die Waffen. Ich hebe kampfbereit die Fäuste. Aus dem Wald huscht eine schmächtige Gestalt in schwarzen Klamotten und Ninja-Maske heran.

»Der ist ja nicht besonders beeindruckend«, schnaubt Java verächtlich und steckt das Schwert wieder in die Scheide.

Ich grinse. »Roter Ninja, du lebst ja noch!«

»Wohin seid ihr so plötzlich verschwunden?«, beschwert sich mein Freund.

»Das könnten wir eher dich fragen!«, gibt Pac-Man zurück.

Roter Ninja zuckt die Schultern. »Bin abgehauen – und deshalb noch am Leben und kann weiterkämpfen. Aber ich wollte euch warnen. Shark sucht überall nach euch.«

»Wo ist er jetzt?«, frage ich.

»Er durchsucht den Wald weiter östlich.«

»Gut«, nickt Java.»Dann nähern wir uns von Westen her.«

Wir halten uns in sicherem Abstand von den Tigern, umgehen den Tempelhof und schleichen uns in den Tempel. Im Innern ist es kühl; eine Tempelhalle mit hohen Deckenbalken führt zu einem Altar aus weißem Marmor. Goldene Sonnenstrahlen fallen in langen Streifen über den mit Steinplatten gepflasterten Boden. Das regelmäßige Muster kommt mir wie ein Schachbrett vor.

»Dort ist das Portal!«, sagt Spam und deutet auf einen in der Zugluft wehenden Vorhang hinter dem Altar – der Stoff schimmert so seidig wie die Flügel eines Schmetterlings.

Spam will sofort darauf zugehen, aber Java legt die Hand auf seine Brust und stoppt ihn mitten im Schritt.»Hier stimmt was nicht«, sagt sie leise. »Die Sache kommt mir viel zu leicht vor.«

»Lass mich vorausgehen«, meldet sich Pac-Man freiwillig. Vorsichtig setzt er einen Fuß auf die nächste

Steinplatte und verlagert langsam sein Gewicht darauf. Nichts geschieht. Er schiebt sich zur nächsten Platte vor, wartet … und geht weiter.

»Vielleicht sind die Tiger die einzige Gefahr hier?«, meint Spam, während Pac-Man einen Schritt nach links weitergeht.

Im selben Augenblick schießt ein scharfer Dorn aus der Steinplatte und dringt in seine Fußsohle. Pac-Man schreit auf und reißt den Fuß zurück. Blut strömt aus der Wunde. Er stolpert rückwärts und lässt sich beim Tempeleingang auf den Boden sinken.

»Oder auch nicht …«, sagt Spam und verzieht das Gesicht.

Java nimmt ein Medi-Pack heraus und verbindet Pac-Mans Wunde. Trotzdem steigt sein Energie-Level nur auf 75 %.

»Wenigstens wissen wir jetzt, welche Gefahr uns droht«, sagt sie.

»Ja«, nicke ich, »nur wissen wir nicht, welche anderen Platten Trittfallen sind.«

Roter Ninja rennt aus dem Tempel und kehrt kurz darauf mit einem langen Bambusstock zurück. »Mit dem Stock kannst du die Platten testen.«

Ich grinse anerkennend. »Genialer Plan.«

Niemand meldet sich freiwillig, deshalb trete ich langsam und vorsichtig auf die Steinplatten, die Pac-Man bereits getestet hat. Mit dem Stock stoße ich kräftig auf jede Platte, bevor ich weitergehe. Plötzlich springt ein Dorn heraus. Ich springe erschrocken zurück.

»Das war beim ersten Mal eine sichere Platte!«, sagt Spam überrascht.

»Weiß ich!« Ein weiterer Dorn fährt zwischen meinen Füßen hoch. Ich springe rückwärts, drehe mich um und renne zum Team zurück.

Aber jetzt schießen überall die Dornen aus den Platten. Es ist, als würde ich durch einen Wald aus Schwertern laufen. Ich springe, weiche aus, hüpfe seitwärts … aber auf der letzten Platte erwischt mich ein Dorn am Bein. Der letzte Sprung bringt mich in Sicherheit. Keuchend lasse ich mich neben Pac-Man auf den Boden fallen, noch lebend, aber verletzt.

Spam wühlt in seinem Rucksack nach einem Medi-Pack. Java kniet am Rand der Steinplatten nieder und betrachtet sie genau. »Die Dornen kommen anscheinend zufällig heraus.«

»Wie sollen wir dann rüberkommen?«, fragt Pac-Man.

Spam hat keine Medi-Packs mehr, deshalb lehne ich mich zurück und beiße die Zähne zusammen. Mein Blick gleitet über die Decke – und erst jetzt bemerke ich oben an der Decke eine Schrift.

Je mehr es gibt, desto weniger siehst du.
Des Rätsels Lösung wird dich führen.

15
Das Rätsel

»Ein Rätsel? Ich hasse Rätsel!«, beschwert sich Pac-Man. Ratlos starren wir zu der Schrift an der Decke hinauf.

»Ob wir sie hassen oder nicht, ist jetzt völlig egal«, erklärt Java. »Wir müssen auf jeden Fall die Lösung finden, wenn wir über die Steinplatten gehen wollen.«

»Wasser?«, überlege ich. Mein Bein schmerzt; ich presse die Hände auf die Wunde.

Java schüttelt den Kopf. »Ergibt keinen Sinn.«

»Und was ist mit Farbe?«, fragt Roter Ninja.

Java runzelt die Stirn. »Könnte sein … aber Farbe siehst du trotzdem immer.«

Spam kaut auf der Unterlippe. »Je mehr es gibt, desto weniger …« Ein Fauchen unterbricht ihn.

»Der Blutgeruch hat die Tiger aufgeweckt!«, sagt Roter Ninja und späht auf den Tempelhof hinaus. Die Steinstatuen springen von ihren Podesten und schleichen auf den Tempeleingang zu.

Java hilft Pac-Man auf die Füße. »Wir können nicht weiter, solange wir die Lösung nicht gefunden haben«, sagt sie. »Alle zurück zum Schrein!«

Roter Ninja hilft mir auf die Füße. Java führt uns aus dem Tempel und zum Wald zurück, aber die Tiger haben uns bemerkt und jagen hinter uns her. In panischer Angst fliehen wir durch das Bambusdickicht, können sie aber nicht abschütteln. Das Blut tropft aus meiner Wunde und bildet eine Spur, der die Tiger gierig folgen.

Ich hinke so schwer, dass ich schon bald hinter die anderen zurückfalle. Roter Ninja läuft langsamer, um mich zu stützen. »Wohin jetzt?«, fragt er, als wir den Schrein vor uns sehen.

»Durch ... das ... Tor«, keuche ich. Spam und Pac-Man springen durch das Tor und verschwinden.

Roter Ninja fragt erstaunt: »Eine Hintertür? Clever, clever.«

»Kommt schon!«, drängt Java und winkt uns, schneller zu laufen.

Aber die Tiger riechen, dass sie ihrer Beute dicht auf den Fersen sind. Wie ein angreifender Sturmtrupp brechen sie durch das Bambusdickicht. Ich stolpere weiter. Wir haben den Schrein fast erreicht, als ich plötzlich tiefer im Wald eine Bewegung sehe. Ein Mädchen ... Es trägt Shorts und ein enges T-Shirt; ein Samurai-Schwert ist quer über ihren Rücken geschnallt. Ich erkenne sie sofort wieder.

»Wohin willst du? Spinnst du jetzt, oder was?«, brüllt Java, als ich kurz vor dem rettenden Schrein Ninjas Hand abschüttle und vom Fluchtweg abschwenke.

»Kat-Ana!«, brülle ich. »Bist du das?«

Schwach dringt Gesang herüber und lockt mich tiefer in den Wald. Ich erhasche noch kurz einen Blick auf dunkles Haar … dann funkelt das geschwungene Schwert kurz auf. Ich vergesse mein blutendes Bein und folge der Erscheinung. Ein dunkler Schatten huscht durch das Dickicht. Ich biege die Bambusstämme beiseite … und stehe plötzlich einem der Steintiger gegenüber, Auge in Auge.

Er reißt das Maul weit auf, duckt sich und springt. Ich versuche, ihn abzuwehren, aber er krallt sich in meinen Körper. Mein Energie-Level sackt schlagartig ab: 73 % … 62 % … 51 % …

Ich versuche panisch, die Kreatur abzuschütteln, aber sie verbeißt sich in mein Bein. 45 % … 36 % …

Schon greift mich ein zweiter Tiger von hinten an. Blut strömt mir über das Gesicht und nimmt mir die Sicht. 22 % … 13 % …

Ich nähere mich rasend schnell dem Burn-out. Doch plötzlich sehe ich eine Klinge aufblitzen und eine Mädchenstimme singt: »London Bridge is falling down, falling down, falling down …«

16

Der Geist in der Maschine

»Was zum Teufel hast du dir dabei gedacht?«, blafft mich Java wütend an, als mein Hoodie nach oben gleitet und ich in das grelle Licht des Konsolenraums blinzle. »Du hättest beinahe einen Burn-out gehabt!«

»Ich … ich … habe Kat-Ana gesehen«, stottere ich, noch immer geschockt.

»Wen?«

Ich setze mich im PlayPod auf. Mein Körper fühlt sich an, als sei er durch einen Papierschredder geschickt worden. »Kate, meine Freundin.«

Spam runzelt die Stirn. »Hast du mir nicht erzählt, sie sei getötet worden, als sie versuchte, aus VK zu fliehen?«

»Ja … sie hatte einen Burn-out.«

»Dann hast du dir vielleicht nur eingebildet, ihren Avatar gesehen zu haben«, vermutet Spam.

Ich schüttle den Kopf. »Nein! Sie hat ihr Lied gesungen, es hilft ihr, sich zu konzentrieren … und ich hab ihr Gesicht dicht vor mir gesehen, kurz bevor ich ausgeloggt wurde.«

»Das bildest du dir nur ein! Dein Hirn ist Brei!«, faucht Java. »VK hat es wahrscheinlich überladen.«

Cookie wendet sich von ihrem Monitor zu uns um. »Dann hätte Scott es nicht mehr durch die Hintertür geschafft. Schließlich hatten ihn die beiden Tiger schon fast an der Gurgel.«

Java wirft die Hände in die Luft. »Was weiß ich? Vielleicht hat ihn dieser Ninja gerettet? Der Scheißkerl ist schon wieder verschwunden!«

»Oder diese Kat-Ana hat die beiden Tiger abgemurkst und Scott zum Schrein zurückgetragen«, wirft Pac-Man ein.

Mein Herz macht einen Hüpfer, als ich mir vorstelle, dass Kat-Ana noch am Leben sein könnte. Aber Java zerstört meine Hoffnung sofort. »Tut mir leid, Scott, aber Kat-Ana hatte einen Burn-out. Wie soll da ihr Avatar im Spiel weiterleben?«

Darauf weiß ich keine Antwort.

Doch plötzlich mischt sich Pentium ein. »Hm«, sagt er nachdenklich. »Deine Kat-Ana könnte ein Geist in der Maschine sein.«

Ich starre ihn verblüfft an. »Ein Geist ... Wie meinen Sie das?«

Pentium rollt ein wenig näher. »Wenn deine Freundin in dem Moment starb, als sie noch halb im Game und halb draußen war, könnte es sein, dass sich ihr reales Bewusstsein auf ihre virtuelle Person übertragen hat ... also auf ihren Avatar.«

»Das ist doch lächerlich!«, ruft Java. »Scott jagt einem Phantom nach! Dabei haben wir ganz andere

Probleme! Wir müssen uns voll und ganz darauf konzentrieren, die Lösung für das Rätsel zu finden. Ich schlage vor, wir ruhen uns jetzt ein wenig aus und versuchen es morgen noch einmal.«

Nach einem angespannten, schweigsamen Abendessen ziehen wir uns in den Schlafsaal zurück. Während ich eine Decke über eine Matratze werfe, frage ich Pac-Man: »Warum glaubt mir Java nicht, dass ich Kat-Ana gesehen habe?«

»Weil sie nicht will«, flüstert er zurück. »Java gibt sich die Schuld, dass ihre Schwester ums Leben gekommen ist. Sie konnte sie nicht vor dem Burn-out bewahren. Wahrscheinlich kann sie den Gedanken nicht ertragen, dass auch ihre Schwester in dem Spiel gefangen sein könnte.«

Pac-Man steigt in das obere Bett. Ich lege mich in die untere Koje, kann aber nicht einschlafen. Erinnerungen an Kate wirbeln durch meinen Kopf. Könnte sie tatsächlich noch als Kat-Ana in dem Spiel leben? Aber »leben«? Das wäre dann wohl der falsche Ausdruck. Ich weiß mit absoluter Sicherheit, dass ihre Vitaldaten auf null gefallen sind. Aber ich erinnere mich auch an das eigenartige blaue Schimmern in ihren Augen, kurz bevor sie starb …

Im Bett gegenüber murmelt Spam ständig vor sich

hin: »Je mehr es gibt, desto weniger siehst du. Je mehr es gibt ...«

»Halt doch endlich die Klappe und mach das Licht aus!«, stöhnt Java und zieht das Kissen über den Kopf.

Spam schien sie nicht gehört zu haben, deshalb stehe ich auf und schalte das Licht aus. Doch urplötzlich fährt Spam hoch und verkündet: »Das ist es! Ich hab die Lösung!«

17

Gladiatorenarena

Am nächsten Tag liegen wir ein weiteres Mal hinter dem Tempeleingang in Deckung. Ich beobachte die Tiger, die wieder brav auf ihren Podesten sitzen; gleichzeitig behalte ich aber auch den Wald im Auge. Eigentlich soll ich nach Shark Ausschau halten, hoffe aber, Kat-Ana zu entdecken. Da – ein Bambusgestrüpp raschelt und bewegt sich … aber es ist Roter Ninja.

Er kommt rasch zu uns herübergelaufen. »Worauf wartet ihr denn noch?«

»Sonnenuntergang«, antwortet Java unfreundlich.

Roter Ninja blickt sich im düsteren Tempel um. »Aber dann seht ihr hier drin doch gar nichts mehr!«

Spam grinst. »Genau darum geht es. ›Je mehr es gibt, desto weniger siehst du.‹ Und die Lösung ist ganz einfach *Dunkelheit*.«

Und so ist es auch: Bald nachdem die Sonne hinter dem Horizont versunken ist, wird es im Tempel so dunkel wie in einer Höhle.

»Viel Spaß, wenn ihr über die Todesfalle geht!«, lacht Roter Ninja spöttisch. Eine Zeit lang passiert nichts; schon fange ich an zu glauben, dass Spam sich mit der Lösung des Rätsels geirrt hat. Aber dann kann ich ein leichtes grünliches Schimmern ausmachen, das von den Steinplatten ausgeht. Ein paar Platten leuchten schwach, die übrigen bleiben dunkel. *Bilden die leuchtenden Platten einen sicheren Pfad zum Portal hinüber?*

»Na, wer hätte das gedacht!«, sagt Pac-Man und grinst seinen Freund an. »Spam hat tatsächlich ein paar Gehirnzellen, die funktionieren!«

Schnell überqueren wir die Steinplatten, wobei wir nur auf die leuchtenden Platten treten. Ohne weitere Zwischenfälle erreichen wir das Portal.

»Nur noch ein Level!«, sagt Java befriedigt.

Ohrenbetäubender Lärm empfängt uns, als wir aus dem Portal treten. Wir stehen mitten in einer riesigen Kampfarena. Geschockt blicke ich mich um: Tausende und Abertausende Zuschauer drängen sich auf den Rängen. Die Kampfzone in der Mitte ist blutverspritzt; Körperteile von unzähligen besiegten Kämpfern liegen überall verstreut. Und unser kleines Team wird von dreißig oder mehr römischen Gladiatoren umzingelt, alle bewaffnet mit Schwertern, Schilden und Speeren.

Cookie meldet sich über das Headset. »Das Große Tor ist das Portal zum Letzten Level!«

Wir blicken hinüber: Ein gewaltiges Holztor ragt am

fernen Ende der Kampfarena in die Höhe. Im Tor sind vier Schlösser zu sehen; in einem der Schlösser steckt ein mit Diamanten besetzter Schlüssel. Ich entdecke auch die drei anderen Schlüssel – aus Gold, Silber und Bronze: Sie hängen in Abständen verteilt über der Arena.

Uns ist völlig klar: Die Gladiatoren werden nicht freundlich zuschauen, wenn wir die Schlüssel holen.

»Ich hole den goldenen«, sagt Java entschlossen und zieht das Schwert. »Pac-Man und Spam, ihr holt den silbernen. Scott und Ninja, ihr holt den bronzenen. Los geht's!«

Wir rasen in verschiedene Richtungen los. Die Gladiatoren teilen sich in drei Gruppen und stürzen sich auf uns.

Ich springe hoch und fälle den ersten ledergepanzerten Gladiator mit einem Flying-Kick mitten ins Gesicht. Aber schon holt ein zweiter mit dem Speer aus. Ich werfe mich zur Seite und ramme den Unterarm gegen den Speerschaft, der in zwei Stücke splittert. Nach einer blitzschnellen Serie von Faustst0ßen direkt in die Brust schießt dem Gladiator ein Blutschwall aus dem Mund; ohne einen Ton geht er zu Boden.

Roter Ninja hat keine großen Probleme, die beiden anderen Gladiatoren auszuschalten, die sich uns in den Weg stellen. Sie versuchen nur halbherzig, gegen diesen Wirbelwind von Kicks und Schwerthieben anzukämpfen.

Jetzt steht nur noch ein Gladiator zwischen uns und dem Bronze-Schlüssel. Er ist groß und trägt schwarze Lederkleidung. Für einen Moment sieht es so aus, als wolle er kampflos aufgeben – er wirft den Schild weg und lässt das Schwert fallen. Aber nachdem er auch noch den Helm abgenommen hat, springen plötzlich zwei Blazerklingen aus seinen Fäusten.

18

Ein virtueller Kuss

»Überlass Shark mir!«, rufe ich Roter Ninja zu. »Du holst den Schlüssel.«

»Nichts lieber als das«, ruft er zurück und sprintet davon.

Shark achtet nicht auf Roter Ninja, sondern stürzt sich sofort auf mich. »Du bist wie ein schlüpfriger Fisch!«, knurrt er. »Aber dieses Mal kommst du nicht mehr davon.«

Die rot glühenden Laserklingen zischen auf mich zu, so schnell, dass ich sie nur noch verschwommen sehe. Ich konzentriere mich auf die Trigger Time, verlangsame seinen Angriff gerade so weit, dass ich den Klingen ausweichen kann. Dann springe ich in die Höhe und antworte mit einem Spinning-Hook-Kick. Dabei ziele ich auf seinen Kopf. Mein Angriff erwischt ihn mitten im Schwung seiner eigenen Schläge; mein Fuß kracht mit voller Wucht gegen seinen Kiefer. Der Stoß ist so heftig, dass ihm die Sonnenbrille aus dem Gesicht geschleudert wird.

Shark taumelt zurück und zum ersten Mal sehe ich seine völlig weißen Augen. Augen, in denen nackte Panik liegt, als er den Kopf hin und her dreht, blind wie eine Fledermaus. Mit einem mächtigen Fußtritt mitten in die Brust schicke ich ihn auf den blutgetränkten Boden.

»Bleib liegen, Shark«, befehle ich ihm. »Nicht ich bin dein Feind, sondern Vince Power.«

»Was redest du da?«, faucht er wütend.

»Wer VK spielt, stirbt«, erkläre ich ihm. »VK verursacht eine Überlastung des Hirns. Wenn dein Energie-Level auf null sinkt, bekommst du einen Burn-out.«

»Ach … wirklich?«, spottet Shark und fletscht die spitz gefeilten Zähne. »Dann spielen wir doch weiter!«

Mit einem Satz kommt er wieder auf die Füße und zieht eine neue Sonnenbrille aus der Tasche. Damit hatte ich nicht gerechnet.

Ich habe meinen Vorteil verloren und muss unter Sharks blitzschnellen, wütenden Blazerhieben immer weiter zurückweichen. Ich versuche es noch einmal mit Trigger Time, kann sie aber nur noch für ein paar Sekunden durchhalten. Sharks rot glühende Blazer werden zu einer tödlichen Gefahr, sie wirbeln so dicht vor meinen Augen vorbei, dass sie mich momentan blenden – und eine der Klingen verbrennt mir den Arm. Mein Energie-Level sinkt auf 82 %. Ein weiterer Hieb trifft mein Bein … 71 %, dann schickt mich ein brutaler Schnitt durch den Oberschenkel zu Boden … 55 %.

Shark ragt über mir auf und richtet die pulsierenden Blazer auf mich. »Zeit für deinen Burn-out, Scott!«

»Nein – Zeit für *deinen* Burn-out!«, ruft ein Gladiator in goldener Rüstung.

Und plötzlich dringt die Spitze eines Samurai-Schwerts aus Sharks Brust. Ein Blutschwall schießt aus seinem Mund; er bricht in die Knie, dann fällt er vollends um. Die Energieanzeige auf seiner Brust blinkt hell auf und erlischt. Ich liege mit offenem Mund, sprachlos und völlig verblüfft, vor den Füßen meines Retters. Der Gladiator zieht das Schwert aus Sharks Rücken und nimmt den goldenen Helm ab. Das Gesicht eines jungen Mädchens kommt zum Vorschein, hübsch, mit dunklen Augen und einem kleinen Diamanten im Nasenflügel.

Ich schnappe nach Luft. »Kate?«, stöhne ich auf. »Bist du das wirklich?«

Das Gladiatormädchen nickt. »Jetzt bin ich nur noch Kat-Ana«, antwortet sie und streckt mir die Hand hin, um mir auf die Füße zu helfen. »Aber ich hatte versprochen, dich nicht zu vergessen, Scott.« Sie beugt sich näher und küsst mich. Als ich ihre Lippen spüre, kann ich kaum glauben, dass sie nur ein Geist in der Maschine ist. Kates Kuss fühlt sich so wunderbar, so echt an! *Lebendig!*

Kat-Ana blickt mir in die Augen und liest meine Gedanken. »Es ist nur ein virtueller Kuss«, sagt sie mit einem traurigen Lächeln.

»He, ihr Turteltäubchen!«, brüllt Java zu uns herüber. »Her mit dem Bronzeschlüssel … SCHNELL!« Sie deutet auf einen neuen Trupp Gladiatoren, der in die Kampfarena stürmt.

Pac-Man und Spam haben den Silberschlüssel bereits erobert, Java den goldenen. Aber alle drei mussten dafür einen hohen Preis zahlen; blutig, geschlagen, von Wunden übersät haben sie sich vor dem Großen Tor versammelt. Wir laufen schnell zu ihnen hinüber. Roter Ninja gibt Spam den Bronzeschlüssel, der ihn sofort in das letzte Schlüsselloch steckt.

»Das Tor lässt sich nicht öffnen!«, schreit Pac-Man, während er verzweifelt an dem großen, schweren Eisenring zieht.

Wir ziehen alle gleichzeitig daran, aber das Tor gibt nicht einmal um einen Millimeter nach. Die Gladiatoren stürmen heran, ihre Schwerter und Speere funkeln. Sie sind uns zehnfach überlegen!

Java fragt Cookie über das Headset: »Wo ist die nächste Hintertür?«

»Auf diesem Level gibt es keine andere!«, schreit Cookie mit Panik in der Stimme.

»Dann sind wir erledigt!«, ruft Spam, lehnt sich mit dem Rücken gegen das Tor und versucht, es in die andere Richtung aufzustemmen.

Wir können uns nirgends verstecken, nirgendwohin fliehen … es wird ein Kampf bis zum bitteren Ende. Bis zu unserem Tod. Der Burn-out ist uns sicher.

»Zieh die Schlüssel heraus«, flüstert mir Kat-Ana zu.

Ich werfe ihr einen fragenden Blick zu. Das erscheint mir völlig unlogisch. Aber sie nickt aufmunternd; ich folge ihrer Anweisung und ziehe nacheinander die Schlüssel heraus.

»Bist du verrückt? Was machst du denn da?«, brüllt mich Java an.

Doch als ich den letzten Schlüssel aus dem Loch ziehe, hören wir ein lautes Klicken und Knirschen – und das Tor schwingt auf.

Grinsend drehe ich mich zu Kat-Ana um – aber sie ist verschwunden.

19

Infinity Drop

Das Letzte Level von Virtual Kombat ist eine Welt aus schwarzem, poliertem Marmor. Neonweiße Lichtstreifen ziehen sich in unregelmäßigem Muster über die Fliesen, sodass der Boden wie ein gigantischer Computerschaltkreis aussieht. Am Himmel ballen sich dunkle Sturmwolken zusammen, doch auf dem Level selbst ist es still und kalt wie in einem Grab. Wir fünf sind ganz allein. Keine anderen Avatare sind in Sicht.

»Dort ist das Terminal!« Java deutet auf eine Computerkonsole, die in der Ferne zu sehen ist und sich vom Licht bestrahlt wie eine Insel von der dunklen Umgebung abhebt. Aber zwischen uns und dem Terminal liegt eine tiefe Schlucht, ein breiter, dunkler Abgrund.

»Die Schlucht ist ein Infinity Drop«, informiert uns Cookie. »Wie ein Sturz ins Nichts. Wer hinunterstürzt, wird nie unten ankommen. Und wird nie sterben. Und nie aus dem Spiel entkommen.«

»Aber wie sollen wir auf die andere Seite kommen?«, fragt Pac-Man.

Ich spähe in den Abgrund und versuche, die Weite

der Schlucht abzuschätzen. Mindestens 20 Meter. »Ein Sprung ist unmöglich.«

Pentiums Stimme hallt uns durch die Köpfe. »In VK ist nichts unmöglich. Benutzt euren Verstand, dann könnt ihr sogar die Spielregeln manipulieren.«

Wir werfen uns unsichere Blicke zu. Niemand ist so verrückt, diesen unmöglichen Sprung zu wagen.

»Okay, Wespenjunge«, sagt Java und reicht mir ihre letzte Medi-Packung. »Du bist doch der Typ, der lebensmüde ist, oder nicht? Also – versuch du es zuerst.«

Ich starre sie in blankem Entsetzen an. »Du ... du willst, dass ich *springe?*«

Java nickt. »Klar doch. Du bist doch einer, der kein Risiko scheut, stimmt's? Wer so etwas wie Trigger Time draufhat, wird doch wohl auch einen Supermann-Sprung schaffen!«

Ich öffne schon den Mund, um ihr zu widersprechen, doch dann kommt mir der Gedanke, dass Java vielleicht recht haben könnte. Außerdem sind wir in VK bis zum Letzten Level gekommen – es gibt kein Zurück mehr. Entweder schaffen wir das ... oder wir sterben.

»Viel Glück«, wünscht mir Roter Ninja, als ich weit zurückgehe, um einen guten Anlauf zu haben.

Der Medi-Pack hat meine Wunden geheilt und mein Energie-Level wieder auf 100 % gebracht. Ich bin so stark und fit, wie ich nur sein kann. Jetzt stelle ich mir vor, wie ich durch die Luft segle, die Schlucht unter mir vorbeiziehen lasse … und über den Infinity Drop springe. Ich konzentriere mich, so intensiv ich nur kann, sprinte auf die Kante zu und stoße mich ab …

Mein Sprung ist höher und weiter, als die Schwerkraft jemals zulassen würde. Unter mir gähnt das Nichts, eine kohlschwarze Finsternis. Doch vor mir sehe ich die Insel des Lichts, die förmlich auf mich zufliegt. Auf halbem Weg über den Abgrund kommt mir plötzlich in den Kopf, wie ich gesprungen bin, als die VK-Rebellion meine Fähigkeiten testete. Wie ich die gegenüberliegende Dachkante verfehlte und in meinen virtuellen Tod stürzte. Die Erinnerung sorgt dafür, dass ich die Konzentration verliere. Mein Sprungbogen verliert an Höhe; ich falle immer schneller. Und die Schlucht scheint immer breiter zu werden …

Ich schlage hart auf dem Rand der Schlucht auf. Meine Beine hängen noch über dem Infinity Drop. Verzweifelt versuche ich mich in der glatten Oberfläche der Insel festzukrallen. Aber meine Finger rutschen ab … Mit allerletzter Kraft schaffe ich es, mich weiter hochzuziehen. Und endlich – endlich! – kann ich ein Knie über die Kante schieben und bin in Sicherheit.

»Du hast es geschafft!«, brüllt Spam von der anderen Seite herüber und boxt triumphierend in die Luft.

»Ja … gerade noch«, keuche ich. Ich bleibe ein paar Augenblicke erschöpft liegen, um wieder zu

Atem zu kommen. Schließlich rapple ich mich hoch. Noch immer keuchend laufe ich zum Terminal hinüber. Cookie gibt mir Anweisungen, welche Icons ich auf dem Touchscreen aktivieren muss. Kaum habe ich auf das letzte Icon gedrückt, als ein Lichtbogen über der Schlucht zu schimmern beginnt. Das Leuchten wird immer heller, bis sich eine Lichtbrücke bildet. Die anderen jubeln und laufen schnell zu mir herüber.

»Wahnsinn! Was für ein Sprung!«, ruft Pac-Man begeistert und haut mir kräftig auf die Schulter. »Du hast …« Plötzlich verzieht er vor Schmerzen das Gesicht und fällt zu Boden. Aus seinem Rücken ragt ein Messer.

Bevor wir anderen reagieren können, wird Spam von einem Elektrowurfstern in den Hals getroffen; Funken sprühen, als er zu Boden geht. Java reißt ihr Schwert aus der Scheide – aber Roter Ninja bricht ihr mit einem brutalen Side-Kick den Arm.

»Roter Ninja!«, brülle ich entsetzt. »Was machst du da?«

Er dreht sich zu mir um und grinst fies. »Ich bin nicht Roter Ninja!« Und schon verwandelt er sich von einer kleinen, schwarz gekleideten Gestalt mit Ninja-Maske in einen großen, gut aussehenden Mann mit silbergrauer Mähne.

Meine Knie werden weich; geschockt starre ich den Mann an. »Vince Power!«, stoße ich keuchend hervor.

Vince nickt und grinst mich mit seinen perlweißen Zähnen triumphierend an. »Der Einzige und Größte.«

»Was haben Sie mit Roter Ninja gemacht?«, will ich wissen.

Vince setzt eine mitleidige Miene auf. »Ach, der ... Ich fürchte, dein kleiner Ninja-Freund hatte einen Burn-out. Ist schon ein Weilchen her, aber sein Avatar schien mir ganz nützlich. Mit ihm konnte ich dich immer wieder täuschen.«

Ich kann die Wahrheit noch immer nicht begreifen. »Aber wenn Sie *wirklich* Vince sind ... warum haben Sie uns dann geholfen?«

»VK ist ein Spiel, Scott«, antwortet Vince grinsend. »Ich wollte sehen, wie weit ihr kommen würdet. Um ehrlich zu sein: Ich habe nicht erwartet, dass ihr es bis zum Letzten Level schaffen würdet.« Schlagartig verschwindet das Grinsen aus seinem Gesicht. »Aber jetzt ist Schluss. Hier endet das Spiel für euch.«

20

Die rote Taste

Vince nähert sich drohend. »Habt ihr wirklich geglaubt, meine Analysten würden es nicht bemerken, wenn vier abtrünnige Gamer im Spiel herumirren? Nur eins wussten wir nicht: Wie ihr euch immer wieder in das Spiel hacken und wieder herauskommen konntet. Hintertüren – sehr clever! Aber jetzt nützen sie euch nichts mehr.«

Plötzlich sprühen blaue Funken aus seinen Augen, und seine Hände knistern vor Elektrizität. Blitze zucken aus seinen Fingerspitzen und schleudern mich zu Boden, bevor ich auch nur daran denken kann, mich zu verteidigen. Stromstöße jagen durch meinen Körper; ich zucke und winde mich und bäume mich auf, aber seine Blitze schleudern mich bis zum Rand des Infinity Drop zurück.

»Da runter dauert ziemlich lange«, sagt Vince voller Schadenfreude. »Und es gibt auch keine Hintertüren da unten!«

Ich habe ihm nichts mehr entgegenzusetzen, kann nur noch voller Entsetzen in die schwarze Tiefe hinabstarren. Doch dann stürzt sich plötzlich Java auf Vince. Der Angriff überrumpelt ihn völlig, sodass sie ihn mit ihren blitzschnellen Schwerthieben nun selbst bis zum Rand des Infinity Drop treiben kann. Doch als sie zum letzten Hieb ausholt, packt er sie und reißt sie mit sich.

»NEIN!«, brülle ich, aber es ist schon zu spät. Beide stürzen über den Rand der Schlucht.

So sehr bin ich auf die beiden konzentriert, dass ich, ohne es zu wollen, in Trigger Time falle. Ich sehe Vince langsam rückwärts über den Rand kippen. Stromblitze zucken aus einer Hand ziellos in die Luft, während er mit der anderen Hand Javas Arm umklammert. Sein Schrei klingt wie ein lang gezogenes tiefes Stöhnen. Er reißt Java mit sich über die Kante. Ihr Schwert wirbelt in Zeitlupe in die Dunkelheit hinaus …

Aber Vince Powers Stromstöße treffen mich nicht mehr; endlich bekomme ich mich selbst wieder unter Kontrolle, und meine Reaktionen sind ultraschnell, hundertfach schneller als die meines Feindes. Als er Java mit sich über den Rand der Schlucht reißt, bekomme ich gerade noch ihr Fußgelenk zu fassen …

Doch dann ist die Trigger Time auch schon wieder zu Ende und VK kehrt mit einem Ruck zur Normalgeschwindigkeit zurück. Vince Powers dumpfes Stöhnen steigt zu einem langen, schrillen Todesschrei an, als sein Avatar in den Infinity Drop stürzt und in der Dunkelheit verschwindet.

Java baumelt kopfüber in der Schlucht. Ich packe

noch fester zu. Mit der übernatürlichen Kraft meines Avatars ziehe ich sie auf die Insel zurück. Keuchend und zitternd bleiben wir Seite an Seite liegen.

»Und du wirfst mir vor, ich gehe zu viel Risiken ein?«, stoße ich schließlich keuchend hervor.

Sie lacht, trotz der Schmerzen, die sie haben muss. »Du kannst ja nicht den ganzen Ruhm einstreichen, Wespenjunge.«

Spam setzt sich benommen auf und zieht den Elektrowurfstern aus dem Hals. »Wa… wa… was ist passiert?«

Ich stütze mich auf die Ellbogen. »Mach dir keinen Kopf«, antworte ich grinsend. »Vince Power hat kurz Hallo gesagt, aber er musste gleich wieder weg.«

Pac-Man stöhnt. Blut quillt aus seiner Stichwunde, aber er lebt. Java verbindet seine Wunde und versorgt ihren gebrochenen Arm, während ich zu dem Terminal hinübergehe – nur ein einfacher Touchscreen. »Was muss ich eingeben, Cookie?«

»Ich streame deinem Avatar den Viruscode«, antwortet Cookie.

Meine Finger fliegen über den Touchscreen, als ich den komplizierten Code eintippe. Schließlich leuchtet auf dem Monitor ein rotes Icon auf.

»Das ist die Ausführtaste«, erklärt Cookie. »Sobald du das rote Icon berührst, wird VK abstürzen. Ihr müsst dann aber superschnell durch eine Hintertür verschwinden.«

Ich drehe mich zu den anderen um. Java hat Pac-Mans Arm um die Schulter gelegt und hilft ihm über die Lichtbrücke. Spam taumelt hinter ihnen her. Als sie vor dem weißen Portal zum vorigen Level ankommen, nickt mir Java zu. Mein Finger schwebt dicht über dem roten Icon, mit dem ich Virtual Kombat den letzten Befehl eingeben kann. Ich zögere.

»Worauf wartest du noch?«, ruft Java herüber.

In diesem Augenblick liegt das Schicksal von Virtual Kombat in meinen Händen. Ich habe die Kontrolle. Das ist die Macht, um die wir so hart und lange gekämpft haben. Und trotzdem kann ich mich nicht dazu überwinden, das Spiel endgültig zu vernichten. Wenn ich VK abstürzen lasse, bedeutet das auch das Ende für …

Kat-Ana erscheint neben mir, wie aus dem Nichts. »Tu es«, sagt sie leise.

Ich schaue sie an; Tränen steigen mir in die Augen. »Aber dann stirbst du.«

»Ich bin schon gestorben«, antwortet sie traurig. Sie legt mir die Hand auf das Herz und schaut mir tief in die Augen. »Aber hier drin lebe ich weiter.«

Sie legt die Hand auf meine. Gemeinsam drücken wir auf das rote Icon.

21

Die Hintertür

Ein gewaltiger Donner rollt durch die Wolken und die Neonleuchten explodieren wie Feuerwerkskörper. Der kohlschwarze Marmorboden kracht und splittert. Ein Erdbeben erschüttert das Letzte Level bis in die Grundfesten.

Ich rase über die Lichtbrücke zum Portal hinüber. Die anderen haben auf mich gewartet, doch kaum bin ich über die Brücke, stürzen sie sich durch das Portal. Ich werfe einen Blick zurück – auch die Lichtbrücke verglüht in einem Funkenregen. Kat-Ana steht, wie von einem Lichtschein umgeben, auf der Insel. Noch ein letztes Mal schauen wir uns an – dann springe ich durch das Portal.

Auch die Gladiatorenarena stürzt ein. Die gesamte Arena – Kampfplatz, Zuschauertribünen, alles – bricht zusammen wie ein Kartenhaus. In Massen stürzen die virtuellen Zuschauer in die Vergessenheit. Große Spalten reißen auf und verschlucken die Gladiatoren.

»Beeilt euch! Wir müssen zur Hintertür zum Level davor!«, drängt uns Java.

Am anderen Ende der Arena schimmert das Portal,

das zum Tempel führt. Wir rennen durch das Chaos, springen über Spalten und Löcher und müssen immer wieder Kriegern ausweichen, die sich uns in den Weg werfen. Pac-Man stolpert und stürzt, geschwächt durch den enormen Blutverlust. Java stützt ihn auf der einen Seite, ich lege mir seinen anderen Arm um die Schultern; gemeinsam schleppen wir ihn mit uns. Aber plötzlich springt uns ein Gladiator in den Weg und schwingt die Streitaxt.

»Sorry – keine Zeit für deine Späßchen«, sagt Spam und bläst den Gladiator mit einem Laserstrahl aus dem Weg.

Wir erreichen das Portal und hechten in den Tempel der Zehn Tiger zurück. Hier hat die Morgendämmerung begonnen; blutrot steigt die Sonne über dem Horizont empor. Die ersten Strahlen fallen in den Tempel.

»Beeilt euch!«, ruft Spam drängend. Das Leuchten der Fliesen, die den Weg über den Steinboden markieren, ist kaum noch zu sehen.

Wir folgen dem sicheren Pfad, aber bevor wir die Steinplatten vollends überquert haben, treffen die ersten Sonnenstrahlen auf den Boden. Nun schießen die Dornen aus den Fliesen und wir werfen uns über die letzten Platten und rollen uns ab. Wir schaffen es, aber nur mit knappster Not.

Kaum sind wir durch das Tor, als der Tempel hinter uns erbebt. Deckenbalken splittern, Trümmerbrocken lösen sich aus der Decke, und Dachziegel prasseln auf uns herab, als wir wieder mühsam auf die Füße kommen.

Cookie schreit schrill durch unsere Headsets: »VK zerfällt schneller, als wir erwartet haben ... Risiko, dass wir ... drahtlose Verbindung verlieren ... Raus, so schnell ihr könnt ...«

Ihre Stimme bricht ab, es kommt nur noch statisches Knistern aus den Headsets. Wir rasen auf den Shintō-Schrein zu, aber der gesamte Tempelhof wölbt sich und wogt auf und ab wie Sturmwellen im Meer. Das Virus verbreitet sich immer schneller. Die Steintiger zerfallen zu virtuellem Staub. Der Wald vor uns flammt kurz auf, die Bambusstämme verwandeln sich in Stacheldraht, dann in riesige scharfe Grashalme, dann wieder in ein Bambusdickicht. Wir kämpfen uns durch den tödlichen Wald, der sich ständig verändert. Spitze Stacheln zerkratzen uns die Haut, scharfe Grashalme schneiden uns in die Beine, Bambusstämme versperren uns den Weg.

Doch wie durch ein Wunder schaffen wir es, lebendig zum Schrein zu gelangen. Wir stürzen uns durch das Tor ... doch dieses Mal landen wir nur auf den Steinplatten dahinter.

»Warum funktioniert die Hintertür nicht mehr?«, schreit Spam mit schriller Stimme.

Mir sackt der Magen schier in die Kniekehlen, als mir klar wird, was geschehen sein muss. »Das war bestimmt Vince Power – er muss die Hintertür deaktiviert haben!«

»Was ist mit dem Brunnen?«, fragt Java nervös. »Da war Roter Ninja noch nicht bei uns, deshalb kann Vince nicht wissen, dass der Brunnen eine Hintertür ist.«

Wir stürmen aus dem Wald heraus und laufen in die Richtung, in der wir die Wildweststadt vermuten. Inzwischen hat das Virus die Landschaft völlig verändert. Hinter uns zerbröselt die virtuelle Welt buchstäblich zu Staub. Es ist, als schnappe sie gierig nach unseren Füßen.

Der Brunnen auf der Kreuzung mitten in der Wildweststadt ist noch vorhanden. Aber das Virus hat auch hier schon seine Zerstörung angerichtet und die Steine der Brunnenumrandung in einen massiven Granitblock verwandelt.

»Und was jetzt?«, ruft Spam. »Wir sitzen in der Falle!«

»Nein!«, stoße ich keuchend hervor. »Zum Wasserfall!

Er ist unsere letzte Hoffnung!«

22

Neustart

Aus dem Innern des Bergs, in dem wir gegen den Sensenmann gekämpft haben, ist ein tiefes Rumpeln wie vor einem Vulkanausbruch zu hören oder wie von einem Riesen, der aus langem Schlaf erwacht. Die Höhle bebt, der Lavasee brodelt über die Ränder, ergießt sich in glühenden Strömen geschmolzenen Gesteins, die uns wie gierige Finger verfolgen, als wir durch den Tunnel taumeln und stolpern. Pac-Mans Energie-Level ist kritisch – nur noch 9 % – und er kann sich kaum noch auf den Beinen halten, sodass wir ihn fast tragen müssen. Wir stürmen aus der Höhle ins Freie. Der Wasserfall rauscht noch immer vom Berg herab, aber als wir näher kommen, merken wir, dass er nicht mehr so stark donnert wie zuvor und zusehends schwächer wird.

»Schneller! Schneller!«, brüllt Java. Wir rennen auf den Wasserfall zu, es ist ein Rennen um unser Leben, aber der Wasserfall ist bereits kein Fall mehr, sondern nur noch ein dünnes Rinnsal, das immer schwächer wird ... jetzt fließt es nur noch spärlich ... wird zu einem feinen Sprühregen ...

Spam springt zuerst hindurch, gefolgt von Pac-

Man, dann kommt Java. Ich springe, als die letzten Tropfen herabfallen …

»Hat er es geschafft?«

»Weiß nicht. Die Drahtlosverbindung der Konsole ist in der letzten Sekunde abgerissen.«

»Aber er atmet doch!«

»Das nützt ihm nicht viel, wenn sein Verstand nicht mehr funktioniert.«

Die Stimmen klingen schwach und undeutlich, wie aus weiter Ferne. Ströme von Ziffern – 0 und 1 – wirbeln vor meinen Augen vorbei. Dann, urplötzlich, blitzt es grell auf und ich sehe die Umgebung klar und deutlich, als hätte jemand mein Netzkabel in den Stecker geschoben. Cookies dunkles Gesicht schwebt dicht über mir.

Sie strahlt mich an. »Hi, Kumpel. Willkommen zurück in der realen Welt, Scotty.«

Java und Spam helfen mir, aus dem PlayPod zu steigen. Meine Knie zittern und sind weich wie Butter, meine Muskeln steif, jede Sehne schmerzt. Und in meinem Kopf herrscht ein einziges Chaos. Aber dann sehe ich Pac-Man – auch er hat es überlebt und sich offenbar schon erholt, denn er zeigt mir den hochgereckten Daumen, während er in einen Energieriegel beißt.

»Ich gratuliere euch allen«, sagt Pentium. »Virtual Kombat ist jetzt offline. Und zwar für immer.«

Spam und ich klatschen uns ab. Ich muss grinsen: Wir haben es geschafft! Wir haben es *tatsächlich* geschafft! Doch dann kommt mir ein anderer Gedanke und meine Freude verfliegt. »Aber was ist mit all den anderen Spielern? Sind sie alle tot?«

Cookie reicht mir ein Energiegetränk. Sie schüttelt den Kopf. »Nein. Sie sind vielleicht ein wenig verwirrt oder desorientiert, aber die Sicherungsfunktion war bis zum Schluss aktiv und hat die Spieler rechtzeitig vom Spiel abgekoppelt. Aber in deinem Fall haben wir eine eigene Drahtlosverbindung ins Spiel gehackt. Wenn die gerissen wäre, wärst du nicht mehr herausgekommen.«

»Eine Millisekunde länger und du wärst hirntot gewesen!«, lacht Spam.

»Hätte keinen großen Unterschied gemacht«, meint Java grinsend und wirft mir einen Energieriegel zu.

Ich muss lachen. »Das merke ich mir, Java. Und wenn du nächstes Mal über dem Infinity Drop baumelst, werde ich einfach loslassen und dir nachwinken.« Ich trinke einen Schluck und beiße in den Riegel. Er schmeckt köstlich, und schon geht es mir wieder ein bisschen besser. »Aber was ist aus Vince geworden?«

Pentium seufzt. »Niemand kann einen Sturz in den Infinity Drop überleben. Außerdem war er noch mitten im Fall, als das Virus zuschlug. Entweder ist er tot oder sein Verstand wurde von seinem Körper getrennt, und das würde bedeuten, dass er so gut wie tot ist.«

»Dann ist es also endgültig vorbei?«

Pentium nickt. »Ja. Von jetzt an sind die Menschen nicht mehr die Sklaven von VK.«

Unendliche Erleichterung erfüllt mich. Virtual Kombat ist endgültig zerstört! Die Elitespieler sind wieder frei! Kate ist nicht umsonst gestorben. Vince Power ist tot. Und doch mischt sich Bitternis in meine Freude – auch Kat-Ana gibt es nicht mehr.

»Was passiert jetzt?«, frage ich Pentium.

»Das Leben geht weiter, auch ohne VK. Nach diesem Absturz bekommt die Welt die Chance zu einem Neustart«, antwortet er lächelnd. Sein Blick gleitet von mir zu den anderen und wieder zu mir zurück. »Aber die Frage ist – was wollt ihr mit eurem Leben anfangen?«

23

Log-off

Mein Bruder Pentium hat sich getäuscht.
Ich habe den Sturz überlebt.
Und jetzt will ich Rache.
Von nun an wird Virtual Kombat in der *realen* Welt gespielt.
Scott ist mein Ziel.
Wenn du dies liest, sei gewarnt ...
DAS IST KEIN SPIEL MEHR!

Teil III

Der letzte Gegner

Für David, einen wahren Waffenbruder!

1

Reale Welt

Die Faust meiner Gegnerin schießt blitzschnell auf mich zu. Ich tauche nach links weg. Sie setzt sofort mit einem Roundhouse-Kick nach, der auf meinen Kopf zielt, aber ich kann gerade noch rechtzeitig ausweichen, sodass mich ihr Fuß um Haaresbreite verfehlt. Ihre Augen werden schmal, als sie mit einer Serie harter Schläge nachsetzt. Ich wehre einen Faustrückenschlag ab … schaffe sogar einen Gegenangriff mit einem Ellbogenschlag, kann ihrem Aufwärtshaken knapp ausweichen und zu einem mächtigen Side-Kick ausholen. Aber sie bewegt sich einfach zu schnell, sodass ich keinen Treffer landen kann.

Wir kämpfen uns durch die ganze Trainingshalle, ein altes Betongebäude. Die einzige Beleuchtung sind ein paar rote chinesische Laternen. In ihrem schummrigen Licht glänzen tödliche Waffen an den Wänden, ein stark lädierter Boxsack hängt von der Decke und eine hölzerne Kung-Fu-Trainingspuppe steht in einer der hinteren Ecken. Draußen flackern Neonreklamen über die riesigen Straßenmonitore und schicken kalte Lichtblitze durch die Halle.

Ich starte einen neuen Angriff, um meine Gegnerin

von den Füßen zu fegen, stattdessen erwischt sie mich mit einem satten Aufwärtshaken am Kinn. Sterne explodieren vor meinen Augen. Ich muss zurückweichen. Aber sie setzt sofort mit einer Serie schneller, trockener Schläge nach – ich muss den Kampf beenden, bevor sie mich auf den Boden schickt!

Ich springe hoch, um meine wirkungsvollste Kampftechnik einzusetzen: den gedrehten Hackentritt. Aber mein Timing stimmt nicht. Meine Beine geraten durcheinander und ich lande auf dem Rücken. Mein Kopf schlägt hart auf dem Holzboden auf und alles wird schwarz ...

»Lebt er noch?«, fragt eine Stimme von weit her.

Ich öffne blinzelnd die Augen und das verschwommene Gesicht meiner Gegnerin wird schärfer – Java, mit einem schwarzen Schminkstreifen quer über den Halbmondaugen. »Scheint so. Jedenfalls bewegt er sich«, sagt sie. Es klingt fast enttäuscht.

Spam grinst mich an, die blauen Augen hinter der runden Brille glitzern. »Willkommen zurück, Scott! Gut geschlafen?«, witzelt er.

Ich bin noch völlig benommen, mein Kopf dröhnt und pocht und ich schmecke Blut im Mund. Aber ich weiß, dass die Schmerzen schon bald wieder nachlassen werden – sie sind nur eine Nachwirkung des virtuellen Kampfes, den ich gerade hinter mich gebracht habe. Virtual Kombat ist ein Spiel, aber es ist extrem wirklichkeitsgetreu: Für ein paar Augenblicke wird dem Gehirn vorgetäuscht, dass die Schmerzen echt sind.

Pac-Man streckt mir die Hand hin und hilft mir auf die Füße. Sein T-Shirt spannt über seinen harten Muskeln. Cookie untersucht meinen Kopf auf Verletzungen. Ihre dunkelbraunen Haare fallen wie ein Fransenvorhang über ihr schmales, dunkles Gesicht. Erst in diesem Moment wird mir klar, dass ich *nicht* in einem PlayPod sitze. Und dass ich keineswegs in die virtuelle Welt des VK-Spiels eingeloggt war – dieser Kampf war echt. Das Blut schmeckt echt. Und die Schmerzen in meinem Kopf sind echt!

Java sieht, wie geschockt ich bin, und lacht. »Wir sind nicht mehr im VK. Solche Flying-Kicks sind in der realen Welt nicht möglich!«

Stöhnend taste ich meinen schmerzenden Schädel ab. »Das muss ich mir merken – diese Technik werde ich ganz bestimmt nie mehr ausprobieren!«

»Fürchte dich nicht, zu scheitern«, krächzt eine leise Stimme. »Wer Großes versucht, darf groß scheitern.«

Ich schaue zu dem alten Mann hinüber, der auf einem kleinen Holzstuhl sitzt. Sein Gesicht ist gefurcht wie die Rinde eines Baums. Er trägt eine Hose und ein einfaches schwarzes Baumwollhemd, aber seine Füße sind nackt. Sein Name ist Sifu – er ist unser Kampfsportlehrer.

Eine Fliege surrt dicht an meinem Ohr vorbei und ich wedle sie weg. »Im Virtual-Kombat-Spiel wäre dieser Kick jederzeit möglich gewesen«, erkläre ich ihm, »aber vermutlich hat Java recht, in der realen Welt ist er unmöglich.«

»Ist er das?«, fragt Sifu und steht vom Stuhl auf. Er springt hoch, dreht sich in der Luft und trifft den Boxsack mit einem mächtigen Tritt.

Wir starren den alten Mann verblüfft an. Sifu sieht nicht so aus, als könne er einem abfahrenden Automatik-Bus nachlaufen, aber gerade eben flog er wie eine Wespendrohne durch die Luft!

»Wie hast du das gemacht?!«

»Übung«, sagt er lächelnd und humpelt zu uns herüber.

Ich erinnere mich noch gut daran, wie ich Sifu kennenlernte, einen Monat nach dem VK-Tag – dem Tag, an dem wir Vince Power besiegt und VK zerstört hatten. Pentium gab uns die Adresse eines alten Trainingscenters für Kampfsport, doch wir hatten Schwierigkeiten, es zu finden. Als wir suchend durch die Seitenstraßen irrten, entdeckte Cookie einen älteren Mann, der immer wieder auf einen einfachen Holzpfosten einhieb. Wir blieben stehen und fragten ihn, ob er ein Problem habe und vielleicht Hilfe brauche. Der alte Mann lächelte nur und antwortete, sein Problem sei durch unsere Frage gelöst. Er führte uns in die Kampfsporthalle, nach der wir gesucht hatten, und dort begann unser Training.

Jetzt, drei Monate später, hat uns Sifu immer noch nicht erklärt, warum er damals auf einen Holzpfosten eingeschlagen hat – und wir sind immer noch seine *einzigen* Schüler.

Sifu schlurft zu mir herüber. »Übung ist alles«, sagt er. »Fürchte dich nicht vor dem, der zehntausend Kicks *einmal* geübt hat. Aber fürchte dich vor dem, der einen Kick *zehntausendmal* geübt hat!«

»Das klingt nach echt harter Arbeit!«, meint Spam, der dem Training lieber zuschaut, als selbst zu üben. »Warum sollen wir real die Kampfsporttechniken trainieren, wenn wir online alles innerhalb von Sekunden beherrschen?«

Sifu schnalzt missbilligend mit der Zunge und wirft Spam einen strengen Blick zu. »Die wahre Kampfkunst erlangt man durch lebenslanges Lernen, nicht durch einen schnellen Download!«

2

Werbespot

Nach dem Training schleppe ich mich müde aus der Halle. Nass glänzt der saure Regen auf dem Pflaster. Java hinkt neben mir her, ihr Bein schmerzt noch immer von dem viel zu harten Kick, den ihr Pac-Man beim letzten Übungskampf verpasst hat.

»Keine Ahnung, warum ihr euch ständig damit quälen müsst«, murmelt Spam auf dem Heimweg. Sogar beim Gehen haftet sein Blick wie gebannt auf seiner mobilen Spielkonsole – im Moment spielt er Speed Racer. »In der virtuellen Arena ist das Kämpfen doch viel sicherer und tut nicht so weh!«

»War es auch sicherer, als VK die Spieler verbrannt hat?«, gibt Pac-Man zurück. Sein linkes Auge ist geschwollen – Java hat ihm einen Ellbogenstoß neben die Braue versetzt. »Mir ist ein blaues Auge allemal lieber als ein ausgebranntes Gehirn!«

Cookie zieht ihre graue Jacke gegen den Regen enger um sich. »Pentium hat doch gesagt, wir sollen mit dem Spielen aufhören, schon vergessen, Spam?« Spam wirft ihr einen schuldbewussten Blick zu, schaltet die Konsole aus und schiebt sie in die Tasche.

Pentium hat uns befohlen, die täglichen Zeiten, die

wir in der virtuellen Welt verbringen, genau einzuteilen und Sport und Training in der realen Welt mehr Zeit zu widmen. Er hat uns zu Sifu geschickt, denn seine Kampfsportkurse sind das perfekte Heilmittel gegen den Gedächtnisverlust der VK-Elitespieler.

Sifu und Pentium sind alte Freunde. Sifu hat sich nie viel mit Computerspielen beschäftigt, aber er war für Pentium die Inspiration für die meisten Kampfsporttechniken, die es in Virtual Kombat gab. Wie meine Freunde bin auch ich neugierig darauf gewesen, die Kampfsportlegende Sifu kennenzulernen und die besten Techniken von ihm zu lernen. Aber für mich bedeutet das Training mehr als nur ein Mittel gegen die Spielsucht. Es erinnert mich an meinen Vater. Bevor er 2030 am Killervirus starb, hat er mir die koreanische Kampfsportkunst Taekwondo beigebracht. Nur deshalb konnte ich auf der Straße überleben und einer der besten VK-Spieler werden.

»Kann sein, dass es keine Burn-outs mehr gibt«, murmelt Java. »Aber seit dem VK-Tag sind vier Monate vergangen und nichts hat sich wirklich verändert. Wofür haben wir eigentlich unser Leben riskiert?«

Sie schaut zu einem der zahllosen 3D-Straßenmonitore hinauf. Wie außerirdische Sonnen leuchten sie hoch über unseren Köpfen durch den Smog. Auf vielen Straßenscreens läuft gerade der Werbespot für den neuesten Hit unter den Videospielen: VIRTUA.

Bau dir deine Welt!
Kaufe und verkaufe virtuelles Land!
Werde reich! Lebe wild! Sei VIRTUA!

»Brutalität und Gewalt wurden nur einfach durch Geldgier ersetzt!«, sagt Java und schüttelt den Kopf. »Und ich habe mir eingebildet, wir hätten etwas bewirkt, hätten etwas verändert!«

»Haben wir doch!«, widerspricht Cookie. »Du sagst doch selbst, es gibt keine Burn-outs mehr. Virtua ist viel harmloser. Die Kinder enden nicht mehr als Gehirntote und sie sterben nicht mehr.«

»Aber wohin sind all die Elite-Gamer verschwunden?«, will Spam wissen.

Ich zucke die Schultern. »Die Stadt ist groß.«

Tatsächlich ist die Megastadt so riesig, dass sie eine Million neue Einwohner aufnehmen könnte, und niemand würde es bemerken. Aber das erklärt noch lange nicht, warum sämtliche PlayPods in Vince Powers riesigem Trainingscenter leer waren, als VK offline ging. Es war, als hätten sich alle Elitespieler plötzlich in Geister verwandelt. Bisher haben wir nur ein paar einzelne Spieler entdeckt, die wie Zombies durch die Straßen irrten – sie hatten so lange Zeit im Spiel gelebt, dass ihr Gedächtnis verloren war.

Während meine Freunde noch über das Verschwinden der Elitespieler rätseln, höre ich plötzlich ein lautes statisches Geräusch. Hinter mir befindet sich ein alter Technikladen. Im Schaufenster beginnt der Bildschirm eines Fernsehers zu flackern. Und plötzlich grinst mich ein Gesicht höhnisch an – perfekte perlweiße Zähne, eine silbergraue Haarmähne.

»Zeit zum Spielen, Scott!«, sagt der Mann. Seine Stimme klingt vertraut und so glatt wie Seide.

Mein Mund bleibt buchstäblich offen stehen. In heillosem Entsetzen starre ich die geisterhafte Erscheinung an: Vince Power.

»Nur ist es jetzt kein Spiel mehr!«, fügt er lachend hinzu. Und dann leuchtet auch schon das rot-schwarze VK-Logo auf.

VK

Panisch drehe ich mich zu meinen Freunden um. »Habt ihr das gesehen?«

Sie bleiben stehen. »Was gesehen?«, fragt Cookie verwundert.

Ich deute auf den Fernseher im Schaufenster. »Vince Power! Er hat gerade zu mir gesprochen!«

Sie blicken zum Schaufenster hinüber und schütteln verwundert die Köpfe. Auf dem Bildschirm läuft ein TV-Spot für Zing-Energieriegel.

»Kann es sein, dass der Schlag auf deinen Kopf ein wenig zu hart war?«, erkundigt sich Spam.

»Oder hätte ich vielleicht noch ein wenig härter draufschlagen sollen?«, fragt Java lachend.

Pac-Man klopft mir auf die Schulter. »Vince ist tot, Kumpel. Du hast dir das nur eingebildet.«

Ich schüttle heftig den Kopf. »Nein – ich weiß, was ich gesehen habe!«

Cookie zeigt mir die kleine Beule an ihrem Handgelenk. »Mein Werbeblocker. Lass dir auch von Pentium so ein Implantat verpassen. Der blockiert die gesamte personalisierte Werbung von den Straßenscreens.«

Meine Freunde gehen weiter, aber ich bleibe stehen und betrachte den TV-Bildschirm im Schaufenster genauer. Jetzt läuft ein Werbespot für irgendwelche Vitamin-Smoothies. Ich warte darauf, dass Vince noch einmal erscheint; meine Nackenhaare sträuben sich, denn ich habe das deutliche Gefühl, beobachtet zu werden. Ich wirble herum … sehe aber nur einen Droiden, einen City-Bot von der Straßenreinigung. *Spam hat wohl recht,* denke ich, als der dicke, fast kugelförmige Stadtroboter mit lautem Sauggeräusch an mir vorbeischwebt. *Vielleicht war der Schlag auf den Schädel wirklich zu hart.* Im selben Moment wird mir ein Sack über den Kopf gestülpt. Ich werde grob gepackt und weggeschleppt.

3

Schuld

»Blazert ihn!«, bellt eine Stimme.

Ich wehre mich gegen meine Entführer, aber es sind zu viele Hände, die mich gepackt halten, außerdem kann ich nichts sehen.

»Werft seine Leiche in einen Müllcontainer!«, zischt eine Mädchenstimme.

Wie eine eiserne Klammer legt sich die Furcht um meine Brust. Ich werde gegen eine Mauer gestoßen; jemand presst mir die Arme an die Seiten. Dann wird mir der Sack vom Kopf gerissen. Vor mir steht ein großer, magerer Junge mit ölig glänzendem schwarzem Haar und einer zerschlagenen Nase. Er starrt mich wütend an.

Ich reiße die Augen auf. »Cobra!«, stoße ich hervor, als ich meinen alten Erzfeind von der Straße erkenne. Vier fies aussehende Typen stehen im Halbkreis um uns herum.

Cobra grinst mich höhnisch an. »Ich habe immer noch eine Rechnung mit dir offen, Scott – inzwischen mit Zinsen!«

Er zieht den Kragen seines T-Shirts ein Stück hinunter. Auf seiner Brust wird ein Netz von Narben sichtbar – die Brandspuren eines Stachels, des Elektro-Pfeils, den eine Wespendrohne auf Cobra abgefeuert hatte. Eigentlich hatte die Drohne auf mich gezielt, aber stattdessen Cobra getroffen.

»Ich hab versucht, dich zu warnen«, erinnere ich ihn.

»So, wie du Grizzly gewarnt hast?«, fragt er sarkastisch zurück.

»Ich bin nicht schuld an Grizzlys Tod!«, verteidige ich mich. »Er ist vom Dach gestürzt!«

Cobra antwortet mit einem harten Fausthieb gegen mein Kinn. Mir klingeln die Ohren und ich spucke Blut.

»Der war für Grizzly«, sagt Cobra. »Und jetzt will ich von dir nur noch eins wissen: Bist du auch schuld daran, dass VK offline ist?«

Ich nicke. »Klar – ich hab dir doch gesagt, warum: Bei dem Spiel werden Kids getötet und …«

Er verpasst mir einen Schlag in die Magengrube, sodass ich zusammenklappe und nach Luft ringe.

»Dann bist du auch schuld daran, dass die VK-Auswahltrucks nicht mehr auftauchen!«, bellt mich Cobra an.

»Du kapierst … es nicht«, würge ich hervor. »Ich habe dich gerettet, sonst wärst auch du …«

Cobra rammt mir das Knie zwischen die Schenkel. Ich sacke zu Boden. Seine Kumpel rücken an, kicken und schlagen mich hin und her wie einen Fußball.

»Keine Essenspakete mehr!«, brüllt Cobra. »Kein

Ausweg mehr aus diesem beschissenen Leben auf der Straße! Du hattest kein Recht, VK zu vernichten!«

Sein nächster Fußtritt trifft mich voll in den Rücken und ich liege stöhnend vor ihm. Mein ganzer Körper schmerzt und ich blute aus vielen Wunden.

»Und das Leben auf der Straße ist sogar noch härter geworden«, zischt Cobra verbittert. »Es gibt jetzt noch weniger zu essen und noch mehr hungrige Kinder!«

Ich blicke verblüfft zu ihm hoch. »Du meinst … die vermissten Elitespieler sind wieder aufgetaucht?«

»Wie Elitespieler sehen sie nicht aus, eher wie Zombies«, antwortet er. »Sie wandern wie verloren durch die Stadt. Viel zu viele für mein Revier. Deshalb räume ich jetzt auf. Und mit dir fange ich an!« Cobra zieht einen Blazer aus der Tasche und aktiviert die Laserklinge, die rot aufglüht. »Und dieses Mal sind keine Wespen da, um dich zu retten.«

Ich versuche wie ein Käfer aus seiner Reichweite zu krabbeln, aber Cobras Leute stellen sich mir in den Weg. Doch zumindest habe ich nun wieder Bewegungsfreiheit. Ich komme auf die Füße. Mit einem Schulterstoß schleudere ich einen der Jungen auf den Boden, den nächsten erwische ich mit einem brutalen Ellbogenstoß ins Gesicht. Als der dritte mich mit einem Aufwärtshaken außer Gefecht setzen will, blockiere ich seine Faust und versetze ihm einen harten Handkantenschlag direkt auf den Adamsapfel. Würgend taumelt er zurück.

Sifus Kampfsportlektionen machen sich endlich bezahlt!

Das Mädchen versucht, mir mit scharfen Krallen das Gesicht zu zerkratzen, aber ich packe ihr Handgelenk und verdrehe es, bis ich ein Knacken höre. Sie schreit auf und ich zwinge sie auf die Knie. Ich wirble herum, um zu fliehen, aber Cobra reckt mir den rot glühenden Blazer entgegen.

»Das ist die Rechnung für alles, was du getan hast!«, bellt er mich an und holt aus, um mir die Klinge in den Bauch zu rammen.

»Nein!«, schreie ich, als der Blazer immer näher kommt. Aber im allerletzten Moment erlischt die Laserklinge. Cobra versucht, sie erneut zu aktivieren, aber sie leuchtet nicht mehr auf.

»Keinen Saft mehr?«, sagt da eine spöttische Mädchenstimme.

Cobra wirbelt herum. Java steht am Ende der Gasse, eine EMP-Waffe lässig auf ihn gerichtet. Die Elektro-Magnetische Puls-Waffe hat einen Kurzschluss in Cobras Blazer verursacht. Erleichtert atme ich auf, als ich sehe, dass sich Pac-Man, Spam und Cookie hinter Java stellen.

Cobra platzt fast vor Wut. Seine Gang ist verletzt und kampfunfähig. Er muss aufgeben und weicht zurück. »Nächstes Mal werden dich deine Freunde nicht heraushauen können, wenn's eng wird!«, brüllt er.

4

Exo-Suit

»War das Training heute ein bisschen härter als sonst?«, fragt Pentium ironisch, als ich in sein Arbeitszimmer im Penthouse humple. Es befindet sich im obersten Stockwerk des ehemaligen VK-Hauptquartiers, der Firmenzentrale von Power Inc. Als Miterfinder des Spiels hat Pentium die Kontrolle über das Unternehmen übernommen, nachdem sein Bruder gestorben war.

»Bin auf der Straße einem alten *Freund* über den Weg gelaufen«, antworte ich.

Pentium blickt von seinem Holodesk auf und betrachtet die Schwellungen in meinem Gesicht. »Scheint aber kein besonders guter Freund gewesen zu sein, so wie du aussiehst«, meint er.

Er rollt in seinem elektrischen Rollstuhl um den Schreibtisch herum und fährt zu einer Milchglastür. Sie gleitet auf und ich folge ihm in ein glänzendes Techno-Labor. »Er war nicht sehr glücklich darüber, dass VK offline ging«, erkläre ich. »Er meint, seitdem sei das Leben auf der Straße noch härter.«

Mitten im Raum steht ein schwarzer Ganzkörperanzug aus Leichtmetall mit Helm und Visier. Seit Pentium die Leitung des Konzerns übernommen hat, setzt er einen Teil des Firmenvermögens für die Entwicklung eines Geräts ein, mit dessen Hilfe er wieder gehen könnte. Das ist das erste Mal, dass ich den Anzug zu sehen bekomme. Ich schnappe nach Luft. »Ist das der Exo-Suit, an dem du arbeitest?«

Pentium nickt und lächelt. »Er ist jetzt so weit, dass wir einen ersten Test durchführen können.« Seufzend fügt er hinzu: »Wir müssen mehr für die Straßenkinder tun. Ich werde noch mehr Verpflegungsstationen und drei neue Heime einrichten.«

»Aber reicht das denn?«, frage ich, während ich Pentiums bionischen Anzug genauer betrachte. Ich weiß, dass er einen Teil der riesigen Gewinne aus dem VK-Spiel für ein Hilfsprogramm in der ganzen Stadt einsetzt. Aber das ist wie ein viel zu kleines Pflaster auf einer weit klaffenden Wunde. Das Problem ist einfach zu groß.

»Es reicht nie«, antwortet Pentium bedrückt. »Aber ich hoffe, unser neues Videospiel wird die Gesellschaft wieder zusammenbringen.«

Ich drehe mich zu ihm um. »Welches neue Videospiel?«

Er tippt sich leicht an einen Nasenflügel, um anzudeuten, dass die Sache noch streng geheim ist. »Es ist ein verbessertes Reality-Game. Die Echtwelt – nur besser!«

»Kannst du mir nicht wenigstens einen kleinen Hinweis geben?«, bettle ich.

»Der Start wird schon sehr bald sein«, sagt Pentium. »Aber du wirst es als Erster zu sehen bekommen, Scott, versprochen.« Er schenkt mir ein Lächeln, das mich auf unheimliche Weise an seinen Zwillingsbruder erinnert – und an das Gesicht, das ich auf dem Straßenbildschirm gesehen habe.

»Pentium …«, frage ich zögernd, »könnte es sein, dass Vince den VK-Absturz überlebt hat?«

Pentium blickt mich verblüfft an und blinzelt kurz, schüttelt aber den Kopf. »Er hatte null Chance, lebend aus dem Infinity Drop herauszukommen.«

»Aber wir haben weder seinen PlayPod noch seine Leiche gefunden«, wende ich ein.

»Selbst wenn man ihn gefunden hätte – Vince wäre hirntot gewesen. Seine Analysten werden seine Leiche wohl verbrannt haben, denke ich.«

Ich erzähle Pentium von der Nachricht auf dem Fernsehbildschirm.

Er runzelt die Stirn. »Das ist seltsam … aber vielleicht ist es einfach nur ein Tetris-Effekt.«

»Tetris? Was ist das?«

»Ein altes Videospiel, bei dem man Bausteine, die aus jeweils vier Quadraten bestanden, in ein Puzzle einfügen musste«, erklärt Pentium. »Wenn man es längere Zeit spielte, fing man an, auch in der realen Welt darüber nachzudenken, wie sich verschiedene Formen besser zusammenfügen ließen, zum Beispiel Mauersteine in einer Mauer oder Verpackungsschachteln auf den Regalen eines Supermarktes. Sogar nachts träumten viele Spieler von Tetris.«

»Du behauptest also, ich hätte mir Vince nur eingebildet?«, frage ich.

Pentium zuckt die Schultern. »Es ist die wahrscheinlichste Erklärung«, antwortet er. »Du bist so tief in VK eingedrungen, dass es sich sozusagen in deinem Gehirn eingenistet hat und dein Denken oder deine Erinnerungen beeinflusst. Was du gesehen hast, könnte ein Flashback gewesen sein – eine blitzlichtartige Rückblende oder auch ein Glitch.«

»Ein Glitch?«, rufe ich. »Du meinst damit so etwas wie ein Falschsignal? Das kann nicht sein – Vince hat mich *direkt* angesprochen!«

»Ist das der Grund, warum du mich gebeten hast, dir einen Werbeblocker zu implantieren?«

Ich nicke. »Ja, das war Cookies Idee. Aber wenn es ein Tetris-Effekt ist, würde ein Mikrochip nichts dagegen ausrichten können.«

»Immerhin wäre es einen Versuch wert.« Pentium drückt auf eine Taste an seinem Rollstuhl. »Werbescanner sind in der Lage, deine Gedanken abzufangen und die dazu passende Werbung auszuwählen. Dein Gehirn hat vielleicht einen Flashback zu einem alten VK-Werbespot ausgelöst, in dem Vince zu sehen war und der durch den Tetris-Effekt verändert wurde.«

Ein Techniker kommt mit einem kleinen Tablett

herein, auf dem eine Spritze liegt. Er stellt das Tablett auf einem Labortisch ab und verlässt den Raum wieder.

»Bist du sicher, dass du das selbst tun kannst?«, frage ich, denn Pentiums Hände zittern. Seit er einen teilweisen Burn-out erlitten hatte, hat er über seine Arme und Hände keine vollständige Kontrolle mehr.

»Absolut«, antwortet er. »Ich brauche nur ein wenig Hilfe.« Pentium weist mit einer Kopfbewegung auf den Exo-Suit. Ich helfe ihm, in den Anzug zu steigen. Die Metallhülle schließt sich um seinen Körper, der Helm senkt sich über seinen Kopf und im Visier leuchtet eine neonblaue Linie auf.

»Der Anzug passt sich von selbst an«, erklärt Pentium. Er stöhnt kurz auf und fügt hinzu: »Es versetzt dem Träger einen kleinen schmerzhaften Schock, wenn die Neuro-Verbindungen in den Nacken eindringen. Du kannst mich jetzt loslassen.«

Ich trete zurück und sehe Pentium zum ersten Mal auf eigenen Beinen stehen. Er sieht aus wie ein vollkommen beweglicher, gepanzerter Robo-Cop.

»Der Anzug besteht aus ultraleichtem Bitanium«, erklärt er. »Selbst wenn ich von einem Bus überfahren würde, könnte ich darin überleben. Meine Nervenimpulse werden geboostet, sodass ich gehen und sogar springen kann. In meinem Rollstuhl bin ich schwach wie ein neugeborenes Kätzchen. Aber in diesem Anzug bin ich so stark wie Superman.«

Mit einer Hand hebt Pentium seinen elektrischen Rollstuhl vom Boden hoch.

Ich reiße die Augen auf. »Das ist unglaublich!«

Er greift nach einem Kaffeebecher auf dem Labortisch. Ich sehe, wie sich die starken Metallfinger um den Becher legen und ihn anheben. »Siehst du? Ich kann extrem stark oder ganz sanft …« Plötzlich zerspringt der Keramikbecher in seiner Faust mit solcher Gewalt, dass mir die Scherben fast ins Gesicht fliegen und kalter Kaffee in alle Richtungen spritzt.

Pentium grinst ein wenig verlegen. »Na ja, das mit der Kraftkontrolle muss ich noch ein bisschen üben. Meine Techniker arbeiten ständig an der Feineinstellung der Kraftsteuerung.«

Ich werfe einen Blick auf die Spritze. »Ich glaube, es ist besser, wenn ich mir den Blocker selbst spritze.«

5

One Inch Punch

Als ich am nächsten Tag zu Sifus Kampfsporthalle gehe, kommt es mir so vor, als hätte jemand den Lärmpegel auf den Straßen heruntergedreht. Die Straßenscreens leuchten zwar immer noch hell durch den Smog, aber ich werde nicht mehr mit personalisierten Werbespots bombardiert. Es ist fast angenehm, durch die düsteren Straßen zu schlendern, trotz des sauren Regens. Ich erlebe keine seltsamen Visionen von Vince mehr und fange an zu glauben, dass die Videobotschaft tatsächlich eine Nachwirkung des Tetris-Effekts gewesen sein musste.

Als ich in die Halle trete, entdeckte ich Sifu, der auf eine hölzerne Trainingspuppe einschlägt.

»Du bist früh dran«, meint er, während er unverdrossen weitere kleine Kerben in das ohnehin schon pockennarbige Holz treibt.

»Ich will eine Extrarunde Training einschieben«, antworte ich. »Um meine Technik beim Spinning-Hook-Kick zu verbessern.«

Sifu wirft einen Blick auf mein verschwollenes Gesicht und nickt. Weitere Erklärungen sind nicht nötig.

Nach einer Stunde, in der ich meine Drehsprungtechnik trainiert habe, bin ich noch immer weit davon entfernt, die Kampftechnik besser zu beherrschen, aber umso neugieriger, mehr über Sifus Trainingsmethode zu erfahren. »Warum schlägst du ständig auf die Holzpuppe ein?«, frage ich ihn.

Sifu hält die Faust in kurzer Entfernung zur Puppe. Dann schlägt er zu. Schnell und hart. In dem Schlag steckt so viel Kraft, dass ein Riss im Holz entsteht. Sifu lächelt, als hätte er gerade ein Problem gelöst, an dem er jahrelang gearbeitet hat.

»Um zu lernen«, antwortet er.

»Um was zu lernen?«

»Bruce Lees One Inch Punch.«

Ich runzle die Stirn. »Wer ist Bruce Lee?«

Sifu schaut mich an und verdreht die Augen. »Der berühmteste Kampfsportkünstler, der jemals gelebt hat, jedenfalls vor dem Killervirus. Bruce Lees One Inch Punch hatte den Ruf, zweimal so tödlich zu sein wie ein Frontalzusammenstoß mit einem Auto ... Und *allmählich* glaube ich, dass auch ich ihn irgendwann beherrschen werde.«

Ich betrachte die Kerben und den Riss in der Puppe genauer. Mir wird klar, dass der One Inch Punch viel mehr wert wäre als ein hochkarätiger Mod im VK-Spiel – denn der Punch ist echt. Die Kampftechnik würde mir enorm helfen, wenn ich es wieder mit Cobras Gang zu tun bekäme. »Kannst du ihn mir beibringen?«

Sifu nickt und tritt vor eine andere, noch intakte Trainingspuppe und zeigt mir die Grundstellung, die ich einnehmen muss. »Beim One Inch Punch wird *fa jin* eingesetzt«, erklärt er. »Das bedeutet eine explosive Kraft. Dabei erfolgt eine Kettenreaktion der Muskeln und eine Bewegung vom Knie über die Hüfte, über die Schulter und den Ellbogen bis in das Handgelenk. Entscheidend ist, den richtigen Zeitpunkt zu bestimmen. Es muss eine Energie-Schockwelle von dir auf dein Ziel erfolgen.«

Sifu stellt sich vor mich und führt den Punch vor – an mir. Ich werde förmlich zurückgeschleudert. Es ist, als hätte mich ein Hochvolt-Stachel direkt in die Brust getroffen.

»Wow!« Ich ringe mühsam um Atem.

Als ich endlich wieder aufrecht stehen kann, zeigt mir Sifu die Technik in Zeitlupe. Ich ahme alles nach, wiederhole die Bewegungen immer wieder. Dann treibe ich die Faust mit aller Kraft in die Holzpuppe. Ein sehr lautes *Knack!* ist zu hören. Aber es kommt nicht vom Pfosten, sondern von meiner Faust. Schmerzen schießen mir durch den Arm. »Das … ist unmöglich!«, stöhne ich.

Sifu schüttelt den Kopf. »Du kannst nicht erwarten, die Technik in fünf Minuten zu erlernen, nicht mal in fünf Jahren!«, sagt er tadelnd. »Schaue dir ein paar Bruce-Lee-Videos im Online-Archiv an. Beobachte. Übe. Lerne.«

Ich reibe meine schmerzende Hand. Sifu schlurft zu einem niedrigen Tisch hinüber. »Komm und frühstücke mit mir.«

Wir sitzen mit untergeschlagenen Beinen am Tisch, vor uns stehen zwei Schalen mit dampfenden Nudeln. Sifu schaufelt die Nudeln mit Essstäbchen in den Mund. Aber mit meiner schmerzenden Hand kann ich meine Stäbchen kaum halten; die Nudeln rutschen immer wieder in die Schale zurück.

»Bruce Lees Kampftechniken sind heute weitgehend vergessen«, sagt Sifu betrübt. »Die Videospiele haben die Kampfkunst in eine Art Fantasy verwandelt. Kann sein, dass Pentium durch meine Kampffertigkeit inspiriert worden ist, aber viele der Techniken, die in VK gezeigt wurden, würden in der realen Welt nicht funktionieren. Bruce Lees Techniken funktionieren immer.«

Plötzlich wird mein Blick zum Fenster und zu einem Straßenscreen draußen gelenkt. Ich hätte schwören können, dass darauf das VK-Logo und ein Foto von meinem Gesicht zu sehen gewesen ist. Aber jetzt zeigt der Screen nur einen Vlogger, der mit den riesigen Gewinnen prahlt, die er im neuen Videospiel Virtua erzielt hat.

»Langweile ich dich?«, fragt Sifu.

»Nein, natürlich nicht«, antworte ich hastig und wedle eine Fliege weg, die über meiner Essschale surrt. »Ich habe nur gerade gedacht, ich sehe …«

Mit einer Bewegung, die so schnell ist wie der Stich eines Skorpions, fängt Sifu das Insekt mit den Essstäbchen ein. Seine Schnelligkeit verblüfft mich, gleichzeitig ekelt es mich ein wenig, dass er seine Essstäbchen benutzt, um eine Fliege zu töten. Aber er hält mir das zerquetsche Insekt vor die Augen. Die Flügel sind aus hauchdünnem Plastik, der Körper besteht praktisch aus einem Mikrochip – und die Augen sind winzige Kameras.

Sifu starrt mich stirnrunzelnd an. »Jemand spioniert hinter dir her.«

6

Ausspioniert

Die Straßen sind verstopft mit Verkehr, als ich zum Power-Inc.-Hauptquartier zurückeile. Ich lade ein Holobild der Fliege auf meiner Smartwatch hoch und schicke es mit einer kurzen Nachricht an Cookie:

Bin gebugged worden. Kannst du herausfinden, wer dahintersteckt?

Eine Minute später kommt ein Anrufsignal über meinen Ohrstöpsel. Cookie meldet sich. »Das ist ein militärischer Spionagebug, Spitzentechnologie. Ich verstehe nicht, warum jemand ausgerechnet *dich* ausspionieren will?«

»Verstehe ich auch nicht«, antworte ich.

»Was meinst du – seit wann hat sie dich verfolgt?«, fragt sie.

Ein kalter Schauder läuft mir über den Rücken. »Mindestens seit gestern. Ich erinnere mich, dass ich beim Training ein paarmal eine lästige Fliege weggescheucht habe. Und auf der Straße hatte ich das Gefühl, dass mich jemand beobachtet. Zuerst dachte ich, es sei einer der Service-Droiden, oder vielleicht Cobra und seine Gang. Aber es war wahrscheinlich immer dieses Ding.«

»Ich untersuche die Sache genauer, wenn du wieder hier bist«, sagt Cookie. »Vielleicht kann ich seine Signalquelle tracken und den Besitzer identifizieren. Aber auf jeden Fall solltest … du … vorsicht…«

»Cookie?« Ich tippe auf den Ohrstöpsel, höre aber nur noch statisches Rauschen. Die Verbindung ist abgebrochen.

Mein Herz beginnt schneller zu schlagen, als ich die Straße entlangrenne. Nervös blicke ich mich um. Die wenigen Fußgänger ignorieren mich. Und die Passagiere in den vielen Automatik-Taxis blicken nur auf ihre Smartphones. Niemand scheint sich für mich zu interessieren. Trotzdem spüre ich jetzt deutlich, dass jede meiner Bewegungen beobachtet wird.

Von einem der Straßenmonitore weiter vorn schallen mir laute Fanfaren und Trommelwirbel entgegen. Offenbar ist mein Werbeblocker ausgefallen. Dann erkenne ich die Musik – die VK-Erkennungsmelodie! Ich blicke hoch: Vince Powers Gesicht füllt den riesigen Screen aus, perfekt gebräunt und mit perlweiß glänzenden Zähnen. Ich bleibe abrupt stehen. Schon sein digitales Image genügt, um mir das Blut in den Adern gefrieren zu lassen.

»VK IST WIEDER DA!«, dröhnt Vince Powers Stimme voller Stolz durch die Straßen. »ABER JETZT IST ES MEHR ALS NUR EIN SPIEL!«

Dieses Mal bin ich absolut sicher, dass ich mir Vince nicht nur einbilde. Es ist kein Glitch. Auch andere Passanten sind stehen geblieben und blicken erstaunt zu dem Screen hoch.

»VK3 IST DAS REALISTISCHSTE KAMPFSPIEL, DAS JEMALS AUF DEN MARKT KAM!«, fährt Vince fort. »JAGEN – KÄMPFEN – TÖTEN … ABER JETZT IN WIRKLICHKEIT!«

Noch einmal schmettern die VK-Fanfaren in voller Lautstärke, gefolgt von einem Trommelwirbel, dann erscheint auf dem Screen ein neuer Werbespot, dessen Ton aber sofort wieder verstummt – offenbar funktioniert jetzt mein Werbeblocker wieder. Aber der Schock wirkt nach, denn den üblichen Verkehrslärm und das Plätschern des Regens höre ich nur wie ein sanftes Rauschen aus der Ferne. Dafür höre ich das Pochen meines Herzens umso lauter.

Ich renne wieder los. Doch dieses Mal laufe ich um mein Leben.

Meine Schuhe platschen durch Regenpfützen, als ich die Straße entlanglaufe und um die nächste Ecke biege. Plötzlich versperrt mir ein riesiger gepanzerter Roboter den Weg. Das kann kein normaler Verkehrsroboter sein, auch keiner der vielen blau-weißen Roboterpolizisten, die Robo-Cops genannt werden. Mit seinem Pulse-Gewehr und der gepanzerten Rüstung kommt er mir eher vor wie ein Borg, ein militärischer Kampfroboter. Ein menschliches Gesicht wird auf sein Visier projiziert.

»Zielperson lokalisiert«, sagt der Borg und richtet das Gewehr auf mich.

Ich reagiere instinktiv und gehe mit einem Sprung hinter ein Automatik-Taxi in Deckung. Der Laserstrahl aus dem Gewehr bläst das Dach des Taxis weg. Bevor der Borg das Taxi mit weiteren Schüssen durchsieben kann, rase ich weiter, im Zickzack zwischen den Fahrzeugen hindurch, quer über die Straße und in eine Seitengasse. Ich entdecke einen großen Müllcontainer und gehe dahinter in Deckung, in der Hoffnung, den Borg abgeschüttelt zu haben. Aber kurz darauf höre ich das metallische Geräusch seiner Schritte. Der Borg biegt in die Gasse ein. Ich drücke mich noch tiefer in den Containerschatten und halte den Atem an.

7
Beute

Der Borg kommt näher. Ich sehe nur seinen Schatten, der sich hoch auf der Mauer gegenüber abzeichnet. Aber ich höre das Summen, das ankündigt, dass er seine Laserwaffe wieder aktiviert. Es gibt keine Fluchtmöglichkeit mehr. Schon beim ersten Schritt aus der Deckung würde mich der tödliche Laserstrahl in Stücke schneiden.

In diesem verzweifelten Augenblick spüre ich plötzlich einen warmen Luftstrom an den Beinen und ein fauliger Gestank steigt mir in die Nase. Ich blicke nach unten: Ich stehe direkt auf einem eisernen Gullygitter. Rasch lasse ich mich auf die Knie fallen und wuchte das schwere Metallgitter hoch. Das rostige Eisen quietscht und verrät dem Borg mein Versteck. Er stapft zum Container herüber.

Ich springe in genau dem Moment in den Schacht, als der Borg den Container zur Seite schleudert. Das schwere Gitter kracht wieder in seinen Rahmen herab. Ich lande in einem schmalen Tunnel und renne wie eine verschreckte Ratte los. Über mir reißt der Borg das Gullygitter heraus, als sei es aus Alufolie. Aber er kann mich nicht verfolgen – der Schacht ist viel zu eng für ihn. Leider nicht für seine Waffe, die er in den Tunnel streckt.

Ein weißer Lichtblitz fährt durch den Schacht, aber ich habe damit gerechnet und werfe mich auf den schlammigen Boden. Der Laserstrahl schießt dicht über meinen Kopf hinweg, versengt mir die Haare und sprengt ein Loch in die Backsteinwand. Bevor der Borg genauer zielen und einen zweiten Schuss abgeben kann, erreiche ich eine Tunnelbiegung und kann mich aus der Schusslinie retten.

Der Kanal ist dunkel, unglaublich verdreckt und stinkt entsetzlich. Ich schleppe mich ein Stück weiter, aber die Röhre ist so eng, dass ich immer wieder mit dem Kopf an die Decke stoße und mit den Ellbogen an den Wänden entlangscheuere. Ratten huschen vor mir her, als ich durch die schleimige, stinkende Schlammbrühe wate. Ein paar Minuten lang kämpfe ich mich geduckt durch den engen Tunnel, bis ich schließlich zu einem weiteren Gitter gelange. Ich stoße es nach außen auf, klettere hinaus und blicke mich um: eine Seitenstraße. Ich versuche, den Dreck so gut wie möglich von den Kleidern zu wischen.

Plötzlich funktioniert auch die Funkverbindung wieder. *»Scott, melde dich!«*, schreit Cookie in mein Ohrpassstück.

»Hier«, antworte ich. »Bin gerade von einem Roboter mit Lasergewehr angriffen worden!«

»Java und die anderen suchen dich. Wir haben uns

Sorgen gemacht, weil plötzlich der Kontakt abbrach. Ich schicke ihnen deine Koordinaten.«

»Brauchst du nicht, bin schon unter …«

Eine starke Metallhand packt mich und schleudert mich an eine Mauer. Ein weiterer Borg ragt über mir auf, auf seinem Visier ist ein anderes Gesicht zu sehen, eine dicke Visage mit hervorquellenden Augen und bösartigem Grinsen.

»Jetzt wirst du eliminiert«, informiert mich der Borg kalt.

Ich versuche aufzuspringen und zu fliehen, aber ein Schlag trifft mich mitten auf die Brust und ich stürze wieder zu Boden. Der Hieb hat mich so brutal erwischt, dass ich kaum noch Luft bekomme. Hilflos und völlig bewegungsunfähig liege ich auf dem Straßenpflaster, als der Borg beide Fäuste hebt, um mich mit einem Hammerschlag zu zerschmettern. Aber mitten im Schlag erstarrt er plötzlich. Das Gesicht auf dem Visier erlischt und die Energiezufuhr der Maschine setzt aus.

»Ehrlich, ich hätte nie gedacht, dass das tatsächlich funktioniert«, sagt Java, noch völlig außer Atem von ihrem Sprint, um mich in letzter Sekunde zu retten. Sie schaut verblüfft auf ihre EMP. »Mit einer EMP kann man normalerweise nur ein paar Wespen ausschalten, aber doch keinen Riesenroboter!«

Inzwischen sind auch Spam und Pac-Man herangekommen und helfen mir auf die Füße.

»Igitt! Du stinkst schlimmer als eine Jauchegrube!«, ruft Spam und hält sich die Nase zu. Er wirft einen Blick auf meine Hose. »Hast du dir in die …«

»NEIN!«, widerspreche ich sofort. »Ich musste durch die Kanalisation fliehen, als einer dieser Roboter auf mich geschossen hat!«

»Was ist das überhaupt für ein Ding?«, fragt Pac-Man und betrachtet den toten Roboter aufmerksam.

Auch Java schaut sich die Metallrüstung des Borgs genau an. »Sieht nach einer Kampfrüstung aus. Der Robo ist ganz sicher eine militärische Kampfmaschine – ein Militär-Bot.«

Spam runzelt die Stirn. »Aber was hätte ein Militär-Bot hier in der Stadt zu suchen?«

»Anscheinend suchen sie mich – um mich umzubringen«, antworte ich.

»Wer sollte dich denn umbringen wollen?«, wundert sich Pac-Man.

Spam reißt entsetzt die Augen auf und deutet zu einem der Straßenmonitore hinauf. »*Jeder*, glaube ich.«

Der riesige Screen zeigt nun mein Gesicht und die Aufforderung:

VK3

ZIELPERSON NR. 1

BELOHNUNG: 10 MILLIONEN KREDITPUNKTE!

Wie vom Blitz getroffen bleibe ich stehen. »Vince sagte, VK ist kein Spiel mehr«, murmle ich.

Spam blickt mich betroffen an. »Soll das heißen, dass VK jetzt in Wirklichkeit gespielt wird?«

Ich nicke. »Ich habe euch doch gesagt, dass Vince wieder da ist. Die Stadt ist jetzt sein Jagdrevier und ich bin die Beute!«

Java runzelt nachdenklich die Stirn. »Wenn das der Fall ist, müssen die Roboter wie unsere Online-Avatare funktionieren. Das heißt, sie müssen von den Spielern ferngesteuert werden.«

»Dann gibt es noch mehr davon?«, fragt Spam.

»Mindestens noch einen«, antworte ich.

Pac-Man stöhnt auf und lenkt unsere Aufmerksamkeit wieder auf den Straßenscreen. »Scott ist nicht mehr der einzige VIP hier«, sagt er tonlos.

Auf dem Screen ist nun Javas Gesicht zu sehen, darunter steht die Belohnung: 5 Millionen Punkte. Kurz darauf werden auch die Gesichter von Pac-Man, Cookie und Spam gezeigt – alle mit einer Belohnung für ihre Ermordung.

»Was? Nur 2 Millionen Punkte!«, ruft Spam, als sein Gesicht aufleuchtet. »Mehr bin ich nicht wert?«

»An deiner Stelle würde ich mich freuen«, sage ich. »Denn das bedeutet, dass du von weniger Spielern gejagt wirst.«

8

Neues Spiel

Wildes Gehupe setzt ein. Doch dieses Geheul hat keine Ähnlichkeit mit der triumphalen VK-Erkennungsmelodie – der gesamte Verkehr ist zum Stillstand gekommen. Wir treten auf die Hauptstraße hinaus, um zu sehen, was los ist. Ein Stück weit entfernt haben zwei Borgs den Verkehr angehalten. Kaum erblicken sie uns, als sie sich auch schon in unsere Richtung bewegen.

»LAUFT!«, schreie ich.

Wir sprinten die Straße entlang, winden uns zwischen den stehenden Autos durch. Die Borgs verfolgen uns. Aber als wir an einer Kreuzung um die Ecke biegen, stellen sich uns zwei weitere Borgs in den Weg. Einer packt ein leeres Automatik-Taxi und schleudert es auf uns. Wir springen zur Seite und das Taxi kracht auf den Gehweg. Der andere Borg feuert sein Pulse-Gewehr ab und das Taxi explodiert in einem Feuerball.

»Das ist kein Spiel mehr!«, schreit Spam und reißt den Arm hoch, um sich gegen die brennenden Trümmerteile zu schützen, die auf uns niederprasseln. »Das ist reiner Wahnsinn!«

Die Borgs rücken von vorn und von hinten auf uns zu. Ich schreie Java an: »Setz deine EMP ein!«

»Kann nicht!«, schreit sie zurück. »Hab die gesamte Energie schon beim ersten Borg verschossen. Der Akku ist leer!«

»Wie sollen wir uns dann noch wehren?«, stöhnt Pac-Man. »Im VK hatten wir wenigstens Waffen und Mods.«

»Wir müssen uns aufteilen«, ruft Java. »Dann müssen auch sie sich aufteilen.«

Pac-Man und Spam nicken und beide rasen quer über die Straße in eine Seitengasse hinein. Java und ich rennen in die entgegengesetzte Richtung. Zwei Borgs verfolgen uns.

Wir biegen erst nach links, dann nach rechts ab und versuchen, sie abzuschütteln. Ein Schuss aus einem Pulse-Gewehr zerschmettert einen Neon-Videoschirm über unseren Köpfen. Wir springen zur Seite, um nicht von den Trümmern erschlagen zu werden. Aber Java springt in eine andere Richtung als ich. Jetzt trennen uns die Glasscherben und ein tödlicher Funkenregen elektrischer Energie.

»Wir treffen uns in der Zentrale!«, ruft mir Java zu. Sie rast in eine Nebenstraße, dicht verfolgt von einem der Borgs.

Der letzte Borg reißt die Pulse-Waffe hoch und zielt auf mich. Ich kann gerade noch ausweichen und seine Laserschüsse pulverisieren ein Schaufenster. Inzwischen pocht mein Herz so heftig, als wollte es zerspringen. Unter Todesgefahr renne ich quer durch den dichten Verkehr über eine weitere Kreuzung, wobei ich um ein Haar von einem Automatik-Taxi überfahren werde. Doch dann höre ich ein gewaltiges metallisches Krachen und blicke über die Schulter zurück: Der Borg hatte sich so darauf konzentriert, mich zu fangen, dass er den vorbeibrausenden Verkehr falsch eingeschätzt hat. Er kollidiert mit einem der großen, schweren Robo-Straßenreiniger. Der Zusammenstoß ist so gewaltig, dass sich beide – Borg und Robo – in nutzlose Schrotthaufen verwandeln. Ich renne weiter, ohne mich noch einmal umzuschauen.

Als ich endlich beim Power Inc.-Hauptquartier ankomme, entdecke ich Cookie, die nervös in der Empfangshalle hin und her läuft. »Was ist eigentlich los?«, ruft sie, außer sich vor Sorge.

»Vince Power … er ist … wieder da«, keuche ich, die Hände auf die Knie gestützt und noch immer außer Atem. »Er hat VK3 freigeschaltet … und diese Version ist kein Spiel mehr … sie ist real!«

Jetzt erst blicke ich mich in der Halle um. »Wo sind die anderen?«

Cookie schaut mich nervös an. »Sie sind noch nicht zurückgekommen.«

In meinem Magen braut sich ein unheilvolles Gefühl zusammen. Ich kann nur hoffen, dass mit meinen Freunden alles in Ordnung ist. »Okay – du wartest hier auf sie«, sage ich. »Ich muss dringend mit Pentium reden. Er wird wissen, was zu tun ist.«

Ich fahre mit dem Hyper-Lift zum Penthouse im obersten Stockwerk. In meinem Kopf summt und brummt es – ich kann nicht fassen, dass Vince von den Toten zurückgekehrt sein soll. *Wie hat er den Sturz überlebt? Wie konnte er Virtual Kombat neu entwickeln? Woher hat er die Roboter?*

Die Lifttür gleitet mit leisem *Ping!* auf und ich betrete das Penthouse-Büro. Pentium sitzt in seinem Rollstuhl und starrt durch das riesige, raumhohe Fenster auf die Stadt, die sich wie ein Meer aus Neonlichtern bis zum Horizont erstreckt.

»Hast du schon die Straßenscreens gesehen?«, frage ich und laufe zu ihm hinüber.

»Natürlich«, hallt seine Stimme durch den Raum, aber er dreht sich nicht um. »Und? Hat dir mein neues Spiel gefallen?«

Ich bleibe wie vom Blitz getroffen stehen, unfähig zu glauben, was ich gerade gehört habe. Doch dann schieben sich die Puzzleteile nacheinander an die richtigen Stellen.

Pentiums neues Spiel …

Ein verbessertes Reality-Game …

Die reale Welt … nur besser!

Sein Versprechen, dass ich der Erste sein würde, der es zu sehen bekommen würde.

Außer mir vor Wut starre ich Pentium an. »Du … *du* hast VK3 gestartet?«

9

Schädelknacker

Fast außer mir vor Wut und Frustration stürme ich zu Pentium hinüber. »Warum machst du das? Willst du uns umbringen?«

Pentium gibt keine Antwort. Ich packe seinen Rollstuhl und drehe ihn wütend vom Fenster weg, sodass er mich anschauen muss. Seine Hände sind an den Rollstuhl gefesselt, seine Augen sind in panischer Angst weit aufgerissen – und quer über seinem Mund klebt ein Klebeband. Ich starre ihn fassungslos an. *Wieso konnte er trotzdem reden?!*

Dann höre ich ein Lachen, tief und grausam. Es kommt aus dem hinteren Teil des Büros.

»Mein Bruder ist im Moment nicht sehr gesprächig«, sagt eine seidenweiche Stimme, die genauso klingt wie Pentiums Stimme.

Entsetzt schrecke ich zurück, als eine menschenähnliche Gestalt aus dem dunklen Teil des Büros tritt. Die Gestalt besteht äußerlich aus rotem Stahl. Arme und Beine sind überdimensionale Roboterglieder. Das Gesicht ist halb Stahlmaske mit Schaltkreisen und Scannern, der Hinterkopf besteht aus klarem Glas – anstelle des Gehirns ist ein pulsierender kybernetischer Prozessor zu sehen, eine Kombination von Mikrochips und menschlichem Gewebe.

»Vince?«, frage ich geschockt.

Pentiums Bruder neigt den Kopf und schenkt mir ein kaltes metallisches Lächeln. »Der neue, verbesserte Vince«, antwortet er.

Ich starre ihn von oben bis unten ungläubig an. »*Was* sind Sie?«

»Ich bin der nächste Schritt in der Evolution des Menschen«, antwortet er stolz. »Ein Cyborg.«

Ich schüttle den Kopf. »Aber … wie haben Sie VK überlebt? Sie sind in den Infinity Drop gefallen!«

Sein fieses Grinsen wird noch breiter. »Tja, was mich letztlich gerettet hat, war die Zerstörung von VK«, erklärt er. »Denn als euer Virus den Code des Spiels zerstörte, vernichtete es auch den Infinity Drop. Eine Hintertür zu einem anderen Level öffnete sich und ich konnte entkommen. Allerdings erlitt ich einen brutalen Burn-out. Vom Hals abwärts gelähmt, genau wie mein Bruder.«

Er schaut Pentium mit gerunzelter Stirn an. »Aber meine Analysten haben einen Superjob gemacht und mich nach meinen Anweisungen perfekt rekonstruiert, meinst du nicht auch?«

Vince bewundert seine mutierte Form in der Fensterspiegelung.

»Ich glaube, Schönheit ist Geschmackssache«, antworte ich. Denn mir kommt der einst gut aussehende

Vince Power nun wie ein Frankenstein-Monster vor – teils Fleisch und Blut, teils Maschine und Schaltkreise.

Damit habe ich Vince offenbar beleidigt, denn er schaut mich wütend an und geht zu seinem Bruder hinüber, der immer noch gefesselt im Rollstuhl sitzt. »Ich gebe zu, ich war sehr überrascht, als ich entdeckte, dass Pentium hinter dem VK-Virus steckte. Eigentlich war ich sicher, dass er immer noch im Koma liegt … Ich kann nicht fassen, dass er es zerstören wollte – immerhin hat er die erste Version des VK-Spiels erfunden und entwickelt!« Vince schaut mich an. »Wo wir schon vom Zerstören reden: Kannst du dich an einen VK-Avatar namens Zerstörer erinnern?«

Zögernd nicke ich. Der Zerstörer war einer der VK-Starspieler, ein Schwergewichtsboxer, der mich im Spiel einmal fast getötet hätte.

»Mir gefiel die Kampftechnik, die praktisch sein Markenzeichen war«, fährt Vince grinsend fort. »Wie nannte er es noch mal?«

»Schädelbrecher«, antworte ich widerwillig.

»Ah, ja, genau!«, nickt Vince. »Damals habe ich mich immer gefragt, wie sich die Aktion wohl im echten Leben anfühlen würde …«

Er legt die Fäuste rechts und links an Pentiums Kopf, dem vor Todesangst fast die Augen aus den Höhlen springen. Dann schlägt er die Fäuste zusammen. Ein widerliches Knacken ist zu hören, das mich an den zerspringenden Kaffeebecher in Pentiums Faust erinnert. Mein Magen dreht sich um und ein Würgreiz steigt hoch, sodass ich mir rasch die Hand vor den Mund schlage.

Vince schüttelt die blutigen Reste des Kopfs seines Bruders von den Roboterfäusten. »Hm, das ist wirklich eklig!«

»Sie sind verrückt!«, schreie ich, außer mir vor Entsetzen.

Vince dreht sich abrupt zu mir um. »Ich will das jetzt mal als Kompliment auffassen.«

Ich weiche zurück. »Und jetzt wollen Sie auch mich töten?«

Vince schüttelt den gläsernen Kopf. »Aber nein. Das würde mir den Spaß an diesem Spiel verderben.« Er drückt auf ein Symbol auf seinem mechanischen Arm. Eine Tür gleitet auf, durch die zwei Borgs in den Raum treten. »Aber diese Spieler wollen es vielleicht!«

10

Sturz

Die Borgs marschieren mit großen Schritten auf mich zu. Ich fühle mich wie David gegen Goliath – mit dem Unterschied, dass ich gegen die beiden riesigen Borgs nicht die geringste Chance habe. Ich bin gerade mal halb so groß wie sie und völlig unbewaffnet. Ein Mensch aus Fleisch und Blut gegen zwei Ungetüme aus Stahl und Öl.

Die beiden Borgs kommen rasch näher. Grinsend ruft mir Vince zu: »Versuche wenigstens, dich halbwegs anständig gegen sie zu wehren, Scott! Ich habe nämlich eine Menge Zeit und sehr viel Geld in VK3 investiert. Allein die Borgs haben mich ein Vermögen gekostet! Ich musste dem Militär buchstäblich ein ganzes Bataillon abkaufen!«

Unwillkürlich zuckt mir die Vorstellung durch den Kopf, dass ein paar Hundert Borgs durch die Stadt tappen und nach mir und meinen Freunden suchen; jede Hoffnung schwindet, dass ich diesen Kampf überleben könnte. Ich drehe mich zu Vince um. »Sie haben VK neu programmiert und eine ganze Roboterarmee gekauft, nur um sich zu rächen?«

Vince lacht laut auf. »Aber nein!«, antwortet er. »Ich

habe das auch zu meiner Unterhaltung getan, und selbstverständlich, um möglichst viel Geld zu verdienen! Die Spieler zahlen Spitzenpreise für den Code, mit dem sie die Kontrolle über einen Borg bekommen – denn durch den Borg können sie endlich den Jungen töten, der ihr Lieblingsspiel zerstört hat.«

Und tatsächlich starren mich die digitalen Gesichter auf den Visieren der Borgs mit unverhülltem Hass an.

»Und dein Tod wird eine Mega-Show, die beste Unterhaltung!« Vince deutet auf einen der riesigen Straßenscreens, die draußen überall in der Stadt leuchten. Sie zeigen eine Live-Videoübertragung. Ich sehe mich selbst hier im Büro – und die beiden Borgs, die drohend vor mir aufragen. »Die ganze Welt beobachtet dich, Scott!«, höhnt Vince. »Willst du deinen Fans nicht zuwinken?«

Die Borgs verstehen das als Befehl und winken der versteckten Kamera zu. Ich nutze die momentane Ablenkung und rase zum Lift hinüber. Aber einer der Borgs erwischt mich am Nacken und schleudert mich quer durch den Raum. Ich krache gegen die Wand. Der andere Borg packt sich Pentiums Holo-Schreibtisch, um mich damit zu erschlagen.

Aber ich bin schon wieder auf den Beinen, stürme in das Labor und schließe die Tür hinter mir ab. Hektisch blicke ich mich nach einem Fluchtweg um. Mein Blick bleibt an Pentiums Exo-Suit hängen.

Ohne eine Sekunde zu zögern, steige ich in den Anzug. Die schwarzen Metallschuppen passen sich meinem Körper an, hüllen mich hauteng in eine metallische Rüstung. Der Helm gleitet über meinen Kopf und das selbstaktivierende Visier leuchtet auf. Ich spüre einen scharfen Stoß im Nacken – und plötzlich fühlt sich der Anzug wie eine zweite Haut an, wird Teil meines Körpers. Vorsichtig hebe ich einen Arm. Aber die Bewegung ist trotzdem viel zu heftig: Ich stoße einen Laborschrank beiseite, als wäre er ein leerer Karton.

Pentiums Techniker haben die Feineinstellung noch nicht gemacht!, schießt es mir durch den Kopf.

Sekunden später kracht die Labortür aus den Angeln und die beiden Borgs drängen in den Raum. Auf den digitalen Gesichtern der Spieler spiegelt sich reine Verblüffung, als ihnen klar wird, dass ich es bin, der sich ihnen entgegenstellt – in einer Bitanium-Rüstung. Ich kann nur inständig hoffen, dass Pentium nicht übertrieben hat, als er sagte, sein Exo-Anzug mache ihn zu einer Art Superman. Ohne zu zögern, greife ich die Borgs frontal an und krache mit ungeheurer Wucht gegen sie. Der Zusammenstoß ist so brutal, dass sie wie überlebensgroße Schaufensterpuppen zurückgeschleudert werden, obwohl sie viel größer sind als ich.

Ich stapfe ins Büro zurück. Vince starrt meinen Exo-Suit völlig verblüfft an – und sogar ein wenig neidisch.

»Holla … mein Bruder scheint eifrig gearbeitet zu haben!«, sagt er und applaudiert langsam und höhnisch mit seinen riesigen Metallhänden. »Scott, das ist sogar noch besser als alles, was ich jemals hätte planen können – der Kampf der Cyborgs!«

Auch die beiden Borgs sind jetzt wieder auf den Füßen. Ich hebe die Fäuste, um mich zu verteidigen. Aber ich bin noch nicht an den Anzug gewöhnt. Meine Bewegungen sind ruckartig und viel zu heftig. Der erste Borg greift mit einem Side-Kick an, den ich zu blockieren versuche. Aber ich bin zu langsam. Sein brutaler Tritt schleudert mich von den Füßen. Ich taumle rückwärts und krache gegen das Fenster. Das Glas zersplittert und ich stürze hinaus. Die Stockwerke des Gebäudes fliegen rasend schnell an mir vorüber, als ich in die Tiefe stürze …

»Scott?«, ruft Cookie. Ich öffne die Augen; sie schaut besorgt auf mich herab. »Bist du das da drin? Ist alles in Ordnung?«

Ich öffne das Visier und richte mich langsam auf. Ein leichter Schwindel packt mich. Das Straßenpflaster ringsum ist zertrümmert. Mein Blick gleitet an der glatten Glasfront des Power-Inc.-Hauptquartiers hinauf und mir wird klar, dass ich mehr als dreißig Stockwerke hinuntergestürzt bin. Und doch spüre ich keine

Verletzungen, keine Knochenbrüche – die Bitanium-Rüstung hat mich geschützt, und auch sie ist unversehrt. Pentium hatte recht: Das Material ist extrem stark. Der Exo-Suit hat den Aufprall vollständig abgefangen, ohne auch nur einen Kratzer abzubekommen.

»Mir geht's gut«, antworte ich. Der Bitanium-Anzug hilft mir, wieder auf die Füße zu kommen. »Wo sind die anderen? Sind sie schon zurückgekommen?«

Cookie schüttelt den Kopf. »Die Borgs hatten sie gestellt, deshalb sind sie zu unserer alten VKR-Basis geflohen. Die liegt nicht im VK-Koordinatennetz, und ich hoffe, sie sind dort in Sicherheit.«

»Sicherheit ist genau das, was ich momentan brauche«, sage ich. »Komm, wir gehen auch zur Basis.«

»Was ist da oben passiert?«, erkundigt sich Cookie, als wir die Straße überqueren und den Weg zur alten Basis einschlagen. »Geht es Pentium gut?«

Ich werfe einen Blick zurück. Drinnen in der Empfangshalle des Power-Inc.-Gebäudes gleiten die Türen des Hyper-Lifts auseinander. Die beiden Borgs stapfen heraus; sie haben offenbar nicht vor, die Jagd auf mich aufzugeben.

»Keine Zeit für Erklärungen«, sage ich hastig und sprinte los. »Wir müssen so schnell wie möglich verschwinden!«

11

Kurzschluss

Wir laufen rasch die Treppe zur stillgelegten U-Bahn-Station hinunter. Die Schalterhalle ist düster und menschenleer, die Rolltreppen und Ticketautomaten funktionieren seit vielen Jahren nicht mehr.

Java tritt aus einer der dunkelsten Ecken. Sie hält ihre EMP auf mich gerichtet. »Was zum Teufel soll das, Cookie? Du bringst einen Borg hierher?«

Cookie hebt beide Hände. »Nicht schießen! Es ist nur Scott.«

Ich klappe das Visier hoch und Java senkt mit einem erleichterten Seufzen die Waffe. »Umso besser. Die EMP ist sowieso nicht geladen.«

»Was für ein Anzug ist das?«, fragt Pac-Man, als er und Spam aus der Deckung kommen.

»Pentiums Exo-Suit«, antworte ich.

Spam betrachtet mich von oben bis unten, die Augen hinter der Brille staunend aufgerissen. »Du siehst aus wie Pac-Man nach einem Work-out!«

Ich schalte die Elektroden aus und steige aus dem Anzug. »Dieses Ding könnte vielleicht unsere einzige Verteidigung gegen die Borgs sein.«

»Dann brauchen wir mehr Anzüge «, meint Java.

»Soweit ich weiß, hat Pentium nur diesen einen Anzug konstruiert«, antwortet Cookie.

»Wo ist Pentium überhaupt?«, erkundigt sich Spam.

Ich senke den Kopf, plötzlich von Trauer überwältigt. »Vince hat ihn ermordet. Mit dem Schädelbrecherschlag, den der Zerstörer erfunden hat ...« Ich kann nicht mehr weiterreden. Die Erinnerung an Pentiums brutale Ermordung ist mehr, als ich ertragen kann.

Vor Schock verstummen die anderen. Tränen laufen Cookie über die Wangen. Java ballt verzweifelt ihre Hände, während Pac-Man auf einen Kartenautomaten einschlägt. Spam sieht einfach nur verloren aus, unfähig, den Tod unseres Freundes zu begreifen.

Pac-Man lässt schließlich von dem verbeulten Automaten ab und sagt: »Ich weiß nicht, wie es euch geht, aber ich fühl mich immer besser, wenn ich was im Bauch habe.«

Traurig gehen wir zur ehemaligen Personal-Cafeteria der Metrostation hinüber, die erstaunlicherweise immer noch funktioniert und automatisiert künstlichen Lebensmittelersatz herstellt. Wir lassen uns Hähnchenfleisch mit Nudeln zubereiten und setzen uns wortlos an einen der langen Metalltische. Während wir essen, bringe ich meine Freunde über Vince und seine Roboter-Borg-Armee auf den neuesten Stand.

»Ich kann es nicht fassen, dass Vince immer noch lebt«, knurrt Java. Vor lauter Wut zerbricht sie eines ihrer Essstäbchen.

»Wenn man es leben nennen will«, sage ich. »Vince ist jetzt ein Cyborg. Halb Mensch, halb Maschine. Kann sein, dass auch sein Gehirn durch das Virus beschädigt wurde – ich glaube, er ist jetzt endgültig verrückt geworden.«

»Ob übergeschnappt oder nicht, als Cyborg mit einer ganzen Borg-Armee hinter sich ist er praktisch unbesiegbar. Was könnten wir schon gegen ihn ausrichten? Oder gegen seine Borgs?«, fragt Cookie.

»Nichts«, antwortet Spam. »Wir können ihn nicht aufhalten, deshalb müssen wir untertauchen. Hier unten sind wir in Sicherheit.«

Pac-Man schaut ihn skeptisch an. »Glaubst du im Ernst, die Borgs könnten uns in einer stillgelegten U-Bahn-Station nicht aufspüren?«

»Niemand außer uns weiß von diesem Versteck«, antwortet Spam. »Und wenn wir das Spiel nicht mitspielen, gibt es kein Spiel mehr.«

»Was meinst du damit?«, fragt Java.

»Ganz einfach: Wir sind die Beute. Wenn die Beute verschwindet, verlieren die Spieler das Interesse an dem Spiel; dann schläft VK3 einfach ein«, erklärt Spam. »Keine Beute, die es zu jagen und zu töten gibt, deshalb keine Spieler, keine Borgs, keine Kämpfe. Vince verliert!«

Cookie nickt zustimmend, aber Java schüttelt den Kopf. »Das könnte Wochen dauern!«

»Und irgendwann müssen wir den Kopf wieder aus dem Versteck strecken«, sagte Pac-Man. »Was soll Vince davon abhalten, das Spiel dann von Neuem zu beginnen?«

Spam seufzt frustriert auf und stochert lustlos in seinen Nudeln herum.

»Selbst wenn wir hier unten bleiben würden, Spam«, sage ich, um ihn zu trösten, »glaubst du wirklich, dass Vince so leicht aufgeben würde? Dass er es zulassen würde, dass wir einfach verschwinden?«

Spam starrt mich an. »Hast du einen besseren Vorschlag?«

»Wir brauchen mehr EMP-Waffen«, antworte ich. »Sie sind unsere beste Chance gegen die Borgs.«

»Dein Plan hat einen kleinen Haken«, sagt Java und streichelt den Lauf ihrer EMP. »Wir haben nur diese eine EMP hier, und die kann nur eine einzige Ladung abfeuern und muss dann wieder geladen werden. Wie unsere Chancen stehen, wenn wir mit einer einzigen EMP gegen ein paar Hundert Roboter kämpfen müssen, könnt ihr euch wohl selbst ausrechnen.«

»Ich kann versuchen, ein paar EMPs herzustellen«, schlägt Cookie vor. »Aber dafür brauche ich Zeit. Außerdem würde ich auch ein paar Akkupacks brauchen.«

»Im Power-Inc.-Hauptquartier liegt eine ganze Ladung neuer Akkus im Lager«, sagt Pac-Man.

Spam grinst gezwungen. »Aber jetzt hat Vince dort wieder das Sagen. Wie sollen wir da noch unbemerkt hineinkommen? Er hat eine Armee von Borgs unter seinem Kommando. Die würden uns umlegen, sobald wir durch die Eingangstür kommen.«

Bedrücktes Schweigen breitet sich aus, während wir über unsere aussichtslose Lage nachdenken. Schließlich sagt Java: »Wir müssen irgendwie der Schlange den Kopf abschlagen. Ohne Vince würde es auch kein VK mehr geben.«

»Du meinst ... wir sollen Vince töten?«, frage ich. Schon die bloße Vorstellung jagt mir Angst ein. Ich bin kein Mörder.

»Nach allem, was du erzählt hast, ist er jetzt ein Cyborg. Als Mensch ist er sowieso kaum noch lebendig«, antwortet Java.

»Java hat recht«, stimmt ihr Pac-Man zu. »Entweder er ... oder wir.«

»Ja, er ist ein Cyborg, aber einer mit Superkräften«, wendet Spam ein. »Wie sollen wir gegen einen so starken Gegner kämpfen? Scott ist der Einzige von uns, der einen Exo-Suit hat.«

Mir fällt keine Antwort auf Spams Frage ein. Sogar in meinem Exo-Suit wäre es reiner Selbstmord, mich als Einzelkämpfer auf einen Kampf gegen ein ganzes Bataillon von Soldatenborgs und einen wahnsinnigen

Cyborg einzulassen. Dann sagt Cookie leise: »Wir könnten versuchen, ein paar VK-Borgs kurzzuschließen und zu hacken.«

Ich schaue sie fragend an. »Wie willst du das machen?«

»Vinces Borgs werden ferngesteuert, an den Kontrollpanels sitzen Online-Spieler in ihren PlayPods, genau wie in den älteren Versionen von Virtual Kombat«, erklärt Cookie. »Und wir haben hier unsere alten PlayPods. Wenn es mir gelingt, einen unserer PlayPods mit einem Borg zu verbinden, können wir die Kontrolle über ihn übernehmen. Dann funktioniert er genau wie einer unserer Avatare.«

»Geniale Idee!«, brüllt Pac-Man und boxt in die Luft. »Wir könnten uns eine ganze Armee rekrutieren!«

»Aber woher genau bekommen wir die Borgs?«, will Spam wissen.

»Wie wär's mit dem, den ich in der Gasse ausgeschaltet habe?«, schlägt Java vor.

Cookie nickt. »Mit dem versuchen wir es. Als Erstes müssen wir seine Sicherungssysteme deaktivieren. Dann hacken wir seine Drahtlosverbindung und konfigurieren sie neu für unseren PlayPod.«

»Okay«, sage ich und stehe auf. »Genau so machen wir es.«

12

Robo-Rekruten

Keine Stunde später halte ich in meinem Exo-Suit am Eingang der Gasse Wache, während Java auf den roten Borg klettert. Sie öffnet eine kleine Klappe, die sich am Hinterkopf des Metallmonsters befindet.

»Zuerst musst du den Override-Chip anschließen, mit dem wir die Systemeinstellungen überschreiben können«, gibt Cookie die Anweisungen durch, die wir alle über unsere Ohrstöpsel mithören können. »Dann fügst du den neuen Schutzschalter ein.«

Java schaut zu mir herüber. »Bist du bereit, Scott? Du musst mich beschützen, falls der Borg hier plötzlich durchdreht!«

Ich nicke. Meine Muskeln sind aufs Äußerste angespannt. Kaum hat Java den Chip ausgetauscht und den neuen Schalter eingesetzt, als sich der Borg aufsetzt.

Java weicht hastig zurück. Sekundenlang regt sich der Borg nicht. Dann steht er auf, dreht sich zu uns um und hebt kampfbereit die Metallfäuste. Java geht hinter mir in Deckung und richtet ihre EMP-Waffe auf den Roboter.

»Cookie!«, schreie ich in das Mikro. »Der Override-Chip funktioniert nicht!«

Doch dann fängt der Borg zu tanzen an und ich höre Pac-Mans Gelächter aus den Lautsprechern, die im Borg verbaut sind.

»Reingefallen, Kumpel!«, sagt Pac-Man. Auf dem Visier des Borg erscheint sein breit grinsendes Gesicht. »Ich habe die *volle* Kontrolle über das Ding.« Der Borg beendet den Tanz mit einer kleinen Verbeugung.

»Pac-Man, du Schwachkopf!«, schimpfte Java und steckt die Waffe wieder in das Holster. »Ich hätte den Borg beinahe noch einmal geröstet!«

»Reg dich ab«, gibt Pac-Man zurück. »Hauptsache, Cookies Plan funktioniert!«

»Ein einzelner Borg ist noch keine Armee«, wirft Spam mahnend ein.

»Stimmt. Deshalb brauchen wir noch mehr Robo-Rekruten«, sage ich.

Wir machen uns auf den Weg zur Straße – Java geht zwischen mir und dem Borg, als würde sie von zwei Metall-Bodyguards beschützt. Und tatsächlich dauert es nicht lange, bis wir einer kleinen Patrouille von vier VK-Borgs begegnen.

»Haben wir eigentlich schon einen Plan, wie wir die Borgs rekrutieren?«, fragt Pac-Man, als die Patrouille näher kommt.

»Wir fragen sie einfach freundlich?«, schlägt Java vor.

Einer der Borgs aktiviert ein Pulse-Gewehr, ein zweiter lässt ein Laserschwert aufblitzen.

»Das wird wohl nicht funktionieren«, sage ich. »Wir müssen sie außer Gefecht setzen.«

Der Borg mit dem Laserschwert stürmt heran, offensichtlich will er Java in zwei Teile hacken. Aber sie feuert ihre EMP-Waffe ab. Der elektromagnetische Schlag ist so stark, dass das Energiesystem des Borgs zusammenbricht. Er erstarrt mitten im Schlag. Aber damit hat Java die gesamte Energie der EMP verfeuert; gegen die anderen Borgs ist die Waffe jetzt völlig nutzlos. Und schon stürmen sie auf uns zu. Pac-Man lässt seinen Borg schnell vor Java treten, um sie zu schützen. Er schmettert dem ersten Angreifer die Stahlfaust in die Brust. Der Schlag ist so gewaltig, dass der Borg rückwärts in ein leer stehendes Geschäft geschleudert wird. Das ohnehin baufällige Gebäude bricht über ihm zusammen.

»Ups!«, sagt Pac-Man. »Mein Borg ist ein bisschen stärker, als ich gedacht hatte.«

Der dritte Borg richtet die Laserwaffe auf mich. In meinem Exo-Suit bin ich kleiner als ein Borg, aber inzwischen hat sich mein Körper an den Anzug gewöhnt, sodass ich viel beweglicher bin als die stählernen Riesen. Ich weiche dem Laserschuss aus und greife sofort an. Es gelingt mir, dem Borg die Waffe aus der Stahlfaust zu reißen, sie umzudrehen und sie auf ihn abzufeuern. Mit einem einzigen Schuss lege ich sein Energiesystem lahm. Der Borg fällt scheppernd um, ein Haufen Metallschrott.

»Ihr dürft die Borgs nicht völlig zerstören!«, ruft uns Cookie über unser Funksystem zu. »Sonst nützen sie uns nichts mehr!«

»Tut mir leid«, antworte ich und werfe die Waffe weg. »Aber das ist nicht so einfach, wenn sie uns töten wollen!«

Java schreit um Hilfe – der vierte und letzte Borg hat sie gepackt. Ohne Exo-Suit ist sie schutzlos; er wird sie wie eine Ameise zerquetschen. Ich renne hinüber und stoße ihn zu Boden. Pac-Mans Borg springt auf ihn und hält ihn fest, während ich versuche, seine Stahlfaust aufzubiegen, um Java freizubekommen. Aber der Roboter ist unglaublich stark. Java schreit verzweifelt. Ich setze meine ganze Kraft ein, die durch den Exo-Suit hundertfach verstärkt wird. Schließlich gelingt es mir, die Roboterfinger so weit zurückzubiegen, dass Java sich aus dem tödlichen Griff winden kann.

Obwohl sie vor Schmerzen stöhnt, greift sie in ihre Tasche und holt den Override-Chip heraus. »Haltet ihn still«, befiehlt sie uns.

Zusammen mit Pac-Mans Borg schaffe ich es, den Roboter auf den Boden zu pressen, während Java den Chip in seinem System installiert. Der Borg hört plötzlich auf, sich zu wehren, und eine Sekunde später erscheint Spams Gesicht auf seinem Visier.

»Junge, Junge, das ist vielleicht ein hässlicher Borg!«, spottet Pac-Man.

»Stimmt, aber wenigstens ist er jetzt unser Borg«, sage ich grinsend. Spam streckt uns die digitale Zunge heraus.

13

Der Schwarm

»Jetzt haben wir unsere Armee beisammen«, sagt Java, als wir stolz den Aufmarsch unserer Truppe bewundern – mein Exo-Suit und die drei rekrutierten und umfunktionierten Borgs.

»Hurra, wir sind gerettet!«, spottet Spam sarkastisch. »Vier Roboter gegen Hunderte Killer-Borgs! Diesen Krieg gewinnen wir todsicher!«

»Wir müssen keinen Krieg gewinnen, nur eine einzige Schlacht«, weise ich ihn zurecht.

»Stell dir einfach vor, es wäre ein Videospiel«, sagt Java. »Unser Ziel ist, das Power-Inc.-Hauptquartier zu stürmen. Dafür müssen wir zuerst einmal die Borg-Wächter ausschalten oder ihnen irgendwie aus dem Weg gehen, danach kämpfen wir uns bis zum Penthouse hinauf und schalten dort den Big Boss aus.«

»Klingt wie ein total cooles Spiel«, sagt Spam, immer noch ironisch. »Aber leider ist es kein Spiel mehr – dieses Mal ist es real. Und wie viele Leben haben wir in Wirklichkeit?«

Java zuckt die Schultern. »Natürlich nur eins, aber unsere Chancen steigen, je mehr Borgs wir rekrutieren können.«

Cookie nickt zustimmend. »Es gibt einen wichtigen Unterschied zu VK2: Der neurale Link ist nur mechanisch. Das bedeutet, wenn dein Borg stirbt, stirbst du nicht automatisch mit ihm.«

»Das beruhigt mich aber gewaltig«, sagt Spam mit gezwungenem Grinsen.

Pac-Man schaut mich an. »Auch für dich sollten wir einen Borg fangen, Scott. Es wäre doch sinnlos, wenn du dein Leben in dem Exo-Suit riskieren würdest.«

Natürlich hat er damit recht, aber ich habe mich inzwischen sehr gut an meinen neuen Super-Anzug gewöhnt. Sogar so sehr, dass ich mich ohne den Anzug irgendwie unvollständig fühle – als würde mir ein Bein oder Arm fehlen. Allmählich glaube ich sogar, dass der Neuro-Link so etwas wie eine ständige Verbindung zu meinem Gehirn herstellt – als würden ich und der Anzug immer stärker voneinander abhängig.

»Das meine ich auch«, stimmt Java zu. »Morgen versuchen wir, noch zwei weitere Borgs zu rekrutieren. Einen für Scott und einen für Cookie. Und dann greifen wir an.«

»Und welchen Plan haben wir für den Angriff?«, will Spam wissen.

Wir gehen in den Konsolenraum hinüber, in dem unsere PlayPods stehen. Cookie lädt einen digitalen Layoutplan der Büroräume von Power Inc. auf ihren Monitor hoch. »Wir müssen davon ausgehen, dass sich

Vince in seinem Büro im Penthouse verschanzt«, erklärt sie. »Wir rücken in zwei Einheiten zum Gebäude vor – eine Einheit zum Haupteingang, die zweite zum Hintereingang. Ich hoffe, dass unsere rekrutierten Borgs den Patrouillen auf den Straßen nicht auffallen. Aber falls wir auf Widerstand stoßen, müssen wir …«

Während Cookie ihren Plan weiter erläutert, werde ich von einem leisen Summen abgelenkt. Im ersten Moment glaube ich, es rührt von einer der alten Neonröhren an der Decke. Doch dann kommt mir der Gedanke, es könnte wieder eine Spionagefliege sein. Nervös blicke ich mich nach einem mechanischen Insekt um. Aber das Geräusch wird immer lauter.

Java hat es inzwischen ebenfalls bemerkt und runzelt die Stirn. »Was ist das?«

»Es kommt aus Richtung der Schalterhalle«, sagt Spam.

»Vielleicht einer der Borgs, der auf Standby herunterfährt?«, vermutet Pac-Man.

Aber ich schüttle den Kopf. Das Summen kommt mir irgendwie bekannt vor. Ich laufe rasch in die Halle zurück. Aber dort ist niemand zu sehen, nur die drei Borgs und mein Exo-Suit stehen stumm im Raum. Dennoch erfüllt das Summen inzwischen die gesamte Untergrund-Station und wird immer lauter.

Und schon schwirrt eine insektenartige Drohne,

gelb-schwarz gestreift, aus dem Treppenaufgang herab, dicht gefolgt von weiteren Drohnen.

Viel zu spät erkenne ich das Geräusch. »Wespen!«, stoße ich entsetzt hervor. Die anderen haben meinen Warnruf gehört und stürmen vom Konsolenraum in die Halle. Instinktiv springe ich in meinen Exo-Suit. Seine Metallplatten umschließen mich sofort wie eine schützende zweite Haut.

»Wie haben sie uns gefunden?«, schreit Spam, als eine Wespe auf uns zurast, den Elektrostachel schussbereit ausgefahren.

»Darüber denken wir später nach«, ruft Java. »Wir müssen verschwinden, sofort!«

Immer mehr gelb-schwarze Drohnen schwärmen durch die Halle. Wir rasen zu den stillgelegten Rolltreppen und in die tiefer gelegenen U-Bahn-Tunnel hinunter. Der gereizt summende Schwarm verfolgt uns und jagt uns auf die unteren Bahnsteige.

»Schnell, zum Notausgang!«, brüllt Java. Im Tunnel gibt es einen Fluchtweg, der für Unfälle auf offener Strecke angelegt war. Wir springen auf die Gleise und rennen um unser Leben. Plötzlich wird Cookie von einem Elektrostachel getroffen und fällt.

»Nein!«, schreie ich und kehre zu ihr zurück, um ihr zu helfen. Die Wespe schwebt über ihr, während Cookie von heftigen Zuckungen geschüttelt wird. Ich schlage die Wespe mit meiner Stahlhand weg, aber immer mehr Drohnen schwärmen heran und Cookie wird immer wieder getroffen. Obwohl ich durch meinen Anzug geschützt bin, ist der Angriff so heftig, dass ich zurückweichen muss.

»Komm schon!«, schreit Java, die am Notausgang wartet. Die anderen sind bereits im Durchgang verschwunden.

Funken sprühen aus meinem Anzug. Mein Energiesystem kann den Elektropfeilen der Wespen nicht mehr lange standhalten. Cookie rührt sich nicht mehr – mir wird klar, dass jede Hilfe zu spät kommt. Es bleibt mir nichts anderes übrig – ich muss fliehen und sie zurücklassen.

14

Der Verräter

Eine halbe Stunde später sitzen wir erschöpft und traurig in Sifus Trainingshalle. Nachdem unsere Basis in der U-Bahn-Station von den Wespendrohnen erobert wurde und Vince Power Pentiums Büro übernommen hat, ist das hier unser letzter Zufluchtsort. Unser Angriffsplan ist vollkommen gescheitert, bevor wir auch nur damit begonnen hatten, und Cookies Tod hat uns zutiefst erschüttert.

Spam hat die Hände vors Gesicht geschlagen und schluchzt voller Verzweiflung. »Cookie … sie kann nicht … sie kann doch nicht tot sein!«

»Niemand kann so viele Stachelstiche überleben«, sagt Java mit tonloser Stimme.

»Aber warum? Warum musste *sie* sterben?«, stößt Pac-Man verbittert hervor. »Ich würde mein Leben geben, wenn ich sie dadurch zurückbringen könnte.«

»Cookies Tod bedeutet, dass ihr anderen überlebt«, sagt Sifu. Er zündet eine Kerze auf einem Schrein an und versinkt in ein Gebet zu ihrem Gedenken.

Ich starre in bitterer Wut durch eines der Fenster auf einen der Straßenscreens. Er zeigt überlebensgroß Cookies Gesicht, darunter steht:

1 Zielperson getötet

Kopfgeld ausgezahlt: 3 Millionen Kreditpunkte!

4 Zielpersonen verbleiben

Vince feiert Cookies Tod! Er betreibt mit ihrem Tod Reklame für VK3! Und er stachelt die Spieler auf, auch uns, den Rest des Teams, zu jagen und noch mehr Kopfgeld zu kassieren. Mit meiner Metallfaust schlage ich so hart auf die Trainingspuppe ein, dass das Holz zersplittert. Danach kommt der Boxsack an die Reihe, der nach wenigen Schlägen platzt, sodass eine Wolke von Füllmaterial über mich niedergeht.

»Spar dir die Energie für die Borgs auf!«, ermahnt mich Java. »Du bist jetzt unsere einzige Verteidigungswaffe!«

Als sei das ein Stichwort gewesen, marschiert ein Borg in die Halle. Ich greife ihn sofort an, meine gesamte Wut explodiert förmlich in einem Hagel von Schlägen und Kicks. Mein Exo-Suit hat die Wucht einer Abrissbirne – der Borg hat keine Chance und verwandelt sich unter meinen Schlägen in einen Trümmerhaufen. Zitternd stehe ich vor seinen Überresten.

»Das war für Cookie, du nutzloser Schrotthaufen!«, brülle ich wütend.

Meine Freunde starren mich stumm an, geschockt von meiner Brutalität und Wut.

Schließlich fragt Java misstrauisch: »Wie kommt es, dass uns der Borg so schnell finden konnte?«

Ich zucke die Schultern. »Erinnert ihr euch an die Spionagedrohne? Vince kennt diese Halle. Er hat den VK-Spielern bestimmt einen Tipp gegeben.«

Pac-Man springt auf. »Dann müssen wir von hier verschwinden. Und uns ein anderes Versteck suchen.«

»Wartet mal«, sagt Java. »Das ist keine Erklärung dafür, warum uns die Wespen in der U-Bahn-Station gefunden haben. Niemand wusste von unserer Basis – nur wir selbst.«

»Eine andere Spionagefliege?«, vermutet Spam.

»Kann sein ... aber ich glaube eher, der Spion ist einer von uns.« Java dreht sich um und blickt zu Sifu hinüber, der immer noch neben dem Schrein kniet.

»Aber doch nicht Sifu!«, rufe ich aus. »Er war Pentiums Freund!«

Java kneift misstrauisch die Augen zusammen. »Aber wer weiß, vielleicht ist er auch mit Vince befreundet? Ich meine: Was wissen wir wirklich über unseren Lehrer?«

Sifu betet weiter, anscheinend hat er Javas Anschuldigung nicht gehört.

»Warum sollte uns Sifu verraten?«, fragt Pac-Man.

»Um die gesamte Belohnung zu kassieren natürlich!«, antwortet Java. »Er wäre reicher, als er sich jemals erträumt hätte.«

»Aber das ist doch verrückt!«, widerspreche ich scharf. »Sifu wusste doch gar nicht, wo sich unsere Basis befindet! Wie hätte er uns verraten sollen?«

»Wer soll denn dann der Verräter sein, Scott?«, will Java wissen. »Sifu streitet es ja nicht mal ab!«

Sifu unterbricht sein Gebet und dreht sich zu uns um. »Die Frage ist nicht, ob ich es leugne oder nicht«, sagt er sanft. »Sondern ob ihr mir glauben würdet.«

Java starrt ihn an und schüttelte verzweifelt den Kopf. »Ich weiß nicht mehr, was ich noch glauben kann und was nicht.«

»Vielleicht weiß der Verräter gar nicht, dass er der Verräter ist?«, wirft Spam ein.

»Wie meinst du das?«, frage ich verblüfft.

Spam deutet auf mich. »Vielleicht ist dein Exo-Suit der Schuldige. Womöglich wurde in dem Ding ein Ortungssender eingebaut.«

Ich starre besorgt an meinem Anzug herab, schalte ihn aus und trete heraus. »Wäre das möglich?«

Spam zieht eine mobile Spielkonsole aus der Tasche und lädt eine App auf das kleine Display hoch. Damit scannt er den Anzug, aber die Anzeige bleibt grün. »Keine Signale entdeckt«, murmelt Spam und runzelt die Stirn. Aber als er sich mir nähert, beginnt die App zu summen. Spam schwenkt das Gerät über meinen Körper. Als er über meinen rechten Arm fährt, leuchtet die Anzeige rot auf.

»Das ist doch nur mein Werbeblocker«, sage ich.

»Nein.« Spam blickt mich finster an. »Das ist kein Werbeblocker!«

15

Lockvogel

Ich starre voller Entsetzen die kleine Schwellung auf meinem Arm an. *Ich* war es, der die Wespen zu unserer Basis geführt hat! *Ich* habe das Team in Gefahr gebracht! *Ich* bin daran schuld, dass Cookie jetzt tot ist!

»*Pentium* hat dir den Tracker eingepflanzt?«, stößt Pac-Man entsetzt hervor.

Ich schüttle wie benommen den Kopf. »Nein, ein Techniker hat mir die fertige Spritze gebracht. Ich wette, er gehörte zu Vince Powers Leuten!«

Java inspiziert die winzige Schwellung unter meiner Haut. »Wir müssen ihn herausholen.«

»Wie denn?«, frage ich.

»Ich kann ihn dir gern *herausblazern*!«, bellt eine Stimme hinter uns. Wir wirbeln herum: Cobra und seine Gang haben sich still und heimlich in die Halle geschlichen.

»Danke für das Angebot, Cobra«, antworte ich mit gezwungenem Grinsen, »aber dafür haben wir jetzt keine Zeit mehr. Wir werden von Vince und seinen Borgs gejagt und …«

»Weiß ich, weiß ich«, sagt Cobra lässig. »Aber du bist

momentan zehn Millionen Kreditpunkte wert, Scotty. Höchste Zeit, dass ich mir meinen Preis abhole!«

Cobra schaltet seinen neuen Blazer ein. Doch gerade als er mich angreifen will, fliegt die Doppeltür der Halle krachend auf und zwei Borgs marschieren herein.

»Anscheinend kriegst du jetzt Konkurrenz, Cobra!«, sagt Spam.

Die Borgs stapfen an Cobras Bande vorbei, die sie wie lästige Käfer einfach beiseitefegen. Mitten in diesem Chaos greift Cobra mich an. Ohne eine Sekunde zu zögern, springe ich hoch und reagiere mit einem Spinning-Hook-Kick. Meinem Extratraining habe ich es zu verdanken, dass ich dieses Mal den Sprung und den Kick richtig einschätze. Mein Fuß kracht gegen Cobras Kopf. Er fällt wie ein nasser Sandsack zu Boden; der Blazer schlittert über die Holzbretter.

»Wie ich dir gesagt habe: Übung macht den Meister!«, kommentiert Sifu meine Kampftechnik. Er hat sich inzwischen mit einem stählernen Kampfstock bewaffnet und greift den Borg an, der ihm am nächsten steht. Sifu stößt die Stockspitze auf dessen Sensoren und Kameras und zwingt den Borg zurückzuweichen. Pac-Man und Spam reißen Speere mit Stahlspitzen von der Waffenwand und versuchen, den anderen Borg abzuwehren.

Java hebt Cobras Blazer vom Boden auf, packt mich

am Arm und zieht mich hinter eine Säule. »Das wird wehtun!«, warnt sie.

Bevor ich protestieren kann, stößt sie die Blazerspitze in meinen Arm. Ich schreie vor Schmerzen, als sie den Tracker herausschneidet und die Wunde mit der flachen Seite der Blazerklinge wieder verschließt. »Bleib hier!«, befiehlt sie und verschwindet, den Chip in der Hand.

Mit Schmerztränen in den Augen presse ich den blutenden Arm an meine Brust. Während ich kraftlos an der Säule lehne, höre ich nur das Stöhnen der Jungs von Cobras Bande und metallisches Klirren, das mir sagt, dass Sifu, Pac-Man und Spam verzweifelt gegen die Borgs kämpfen. Schließlich spähe ich um die Säule und entdecke Java, die dem halb bewusstlosen Cobra hilft, sich aufzusetzen. Er ringt keuchend um Atem. Einer der Borgs hat inzwischen Pac-Man und Spam in eine Ecke gedrängt; mir wird klar, dass sie meine Hilfe brauchen. Ich renne zu meinem Exo-Suit hinüber und steige hinein. Sobald sich die Elektroden mit meinem Körper verbinden, wird der Schmerzblocker aktiviert und schon lassen die Schmerzen an meinem Arm nach.

Cobra sieht mich in den Exo-Suit steigen, rappelt sich hoch und flieht aus der Halle. Ich laufe zu Pac-Man und Spam hinüber, um sie zu unterstützen. Aber plötzlich drehen sich die beiden Borgs um und rennen aus der Halle auf die Straße hinaus.

»Was … ist denn … jetzt los?«, keucht Spam außer Atem und starrt den Borgs völlig verblüfft nach.

Pac-Man zuckt die Schultern. »Keine Ahnung. Vielleicht haben sie Angst vor Scott?«

Sifu humpelt heran, gestützt von Java. Ich starre Java wütend an. »Warum hilfst du Cobra, während deine Freunde um ihr Leben kämpfen?«, will ich wissen.

»Ich hab ihm nicht geholfen«, antwortet sie grinsend. »Ich hab ihn gezwungen, den Tracker zu schlucken.«

»Du hast *was?*«, rufe ich verblüfft.

»Er spielt jetzt für uns den Lockvogel«, erklärt sie.

»Ah, deshalb sind die Borgs plötzlich verschwunden!«, ruft Pac-Man und lacht. »Ihre Spieler jagen natürlich hinter dem Tracker her, um ihre Belohnung zu holen!«

»Damit hast du Cobra praktisch zum Tode verurteilt«, sage ich.

»Kann sein«, antwortet Java. »Aber morgen oder spätestens übermorgen wird er den Tracker auf natürlichem Weg wieder ausscheiden – wenn er so lange am Leben bleibt.«

»Und was dann?«, fragt Spam. »Dann werden die Borgs wieder *uns* jagen. Wir haben keine Basis mehr. Und hier können wir auch nicht mehr bleiben. Wir haben keine PlayPods und unsere rekrutierten Borgs haben wir auch nicht mehr. Von Scotts Exo-Suit abgesehen, sind wir völlig wehrlos.«

»Eine Niederlage wird erst dann eine Niederlage, wenn man sie als Realität akzeptiert«, sagt Sifu, auf seinen Stab gestützt.

»Netter Spruch«, gibt Java zurück. »Aber im Moment ist das dort unsere Realität.«

Sie deutet auf einen der Straßenmonitore draußen vor dem Gebäude. Ein Werbebanner für VK3 verkündet in riesigen Lettern:

Ihr könnt euch nicht mehr verstecken!

16

City-Bots

Frierend und durchnässt vom erbarmungslos herabnieselnden Regen schleichen wir schweigend durch die Stadt. Nur das *Klack-klack* von Sifus Stab echot von den Mauern der Seitengassen zurück, als wir auf der Suche nach einem sicheren Unterschlupf durch die Megastadt streifen. Doch jeder einzelne Straßenscreen erinnert uns daran, dass es für uns kein Versteck mehr gibt. Wir können nur immer weiter fliehen.

An einer Ecke bleibt Java wie vom Blitz getroffen stehen.

Sofort schalte ich auf Kampfbereitschaft. Jeden Moment rechne ich mit einer Borg-Patrouille. Aber hier ist nichts zu sehen, nur ein einsamer VK-Auswahltruck steht auf einem ansonsten völlig leeren Parkplatz. »Was ist los?«, frage ich.

»Nichts«, gibt Java zurück. »Aber ich glaube, wir haben die Lösung für unser Problem gefunden.«

»Was? Sollen wir etwa mit dem Truck aus der Stadt fliehen?«, will Spam wissen.

Java schüttelt den Kopf. »Nein. Wir gehen zu unserem ursprünglichen Plan zurück.«

»Natürlich!«, rufe ich aus und lache erleichtert. »Der Truck ist eine mobile VK-Spielstation!«

Java nickt. »Genau. Im Truck befinden sich PlayPods. Wir müssen sie nur mit unseren rekrutierten Borgs verlinken.« Sie wendet sich an Spam. »Wie gut kannst du hacken?«

»So gut wie Cookie bin ich nicht«, sagt er mit traurigem Lächeln.

»Aber du hast mit Cookie zusammen das VK-Virus programmiert«, wirft Pac-Man ein. »Du weißt also mehr darüber als wir anderen zusammen.«

Spam zuckt die Schultern. »Ich kann's ja mal versuchen.«

Wir brechen den Truck auf und fahren das VK-System hoch. Spam setzt sich an die Konsole, starrt das Login-Fenster eine Weile an und probiert ein paar Passwörter aus. Währenddessen blicken wir anderen auf die Straße hinaus, wo Automatik-Taxis und Straßenreinigungs-Droiden vorbeifahren.

Glücklicherweise tauchen weder Borgs noch Wespen auf. Aber die Updates auf den großen Straßen-screens zeigen uns, dass sie dem Tracker in Cobras Gedärm immer noch durch die ganze Stadt nachjagen. Trotzdem werde ich immer nervöser. Es gefällt mir nicht, dass wir hier in diesem Truck direkt neben der Straße so gut sichtbar sind.

»Wie kommst du voran, Spam?«, frage ich endlich, nachdem fast eine Stunde vergangen ist.

Spam lehnt sich zurück und reibt die Augen. »Ich wünschte, Cookie wäre hier«, seufzt er.

»Mach einfach weiter, Mann«, sage ich. »Ich weiß, dass du es schaffst.«

Wieder vergeht eine Stunde. Eine Wespe schwirrt über uns hinweg und ich werde immer unruhiger. Es kann nicht mehr lange dauern, bis sie uns aufspüren. Plötzlich schreit Spam: »Bingo! Wir sind drin! Wer will es zuerst ausprobieren?«

Java und Pac-Man setzen sich sofort in die PlayPods und die Hoodies gleiten über ihre Köpfe. Spam aktiviert die Verbindung und beide Spieler machen zuckende Bewegungen – ein sicheres Zeichen, dass sie ihre Borg-Avatare steuern.

»Es funktioniert!«, sagt Spam grinsend.

»Gut gemacht!« Ich klopfe ihm anerkennend auf die Schulter. »Cookie wäre stolz auf dich!«

Während wir warten, höre ich das metallische Klappern schwerer Borg-Stiefel näher kommen. Rasch steige ich aus dem Bus, hebe die gepanzerten Fäuste und mache mich bereit, meine Freunde zu verteidigen. Zwei metallgraue Borgs stapfen um die Ecke, aber statt mich anzugreifen, winken sie mir fröhlich zu. Auf ihren Visieren sind die Gesichter von Java und Pac-Man zu sehen. Ich entspanne mich wieder.

Spam schwingt sich in einen PlayPod und probiert die Steuerung seines eigenen Borgs aus.

»Wir brauchen noch einen weiteren Roboter für

Sifu«, sagt Java, als Spam seine Borg-Verbindung wieder kappt und sich in seinem Pod wieder aufrichtet.

»Dann müssen wir eben noch einen rekrutieren«, sagt Pac-Man.

Aber Spam schüttelt den Kopf. »Geht nicht. Wir haben keine Override-Chips mehr. Cookie hatte die übrigen Chips bei sich, als sie …«

Ich fluche und kicke wütend einen Mülleimer um. Sofort erscheint ein Reinigungs-Droid und macht sich daran, den Müll wieder zusammenzufegen.

»Ein Heer besteht nicht immer nur aus Kriegern«, sagt Sifu plötzlich.

Wir schauen ihn verwundert an. Er deutet auf den Reinigungs-Droiden.

Spam begreift sofort, was Sifu meint, und grinst. »Natürlich! Im Vergleich zu den Borgs haben einfache Roboter wie dieser City-Bot nur ganz primitive Programmcodes. Theoretisch könnte ich ihre Wireless-Module hacken und brauche dafür nicht einmal einen Override-Chip.« Er geht wieder an die Konsole und gibt ein paar Befehle ein. »Sifu, setze dich doch bitte mal in einen PlayPod.«

Sifu wirft ihm einen unsicheren Blick zu, kommt seiner Bitte aber schließlich nach. Das Hoody gleitet über sein faltiges Gesicht. Ein paar Sekunden später hört der Droide auf, den Müll zusammenzufegen. Er steht kurz still, dann rast er wie ein kleiner Rammbock kreuz und quer über den Parkplatz.

»Wie steuert man dieses Ding?«, ruft Sifu in Panik.

»Durch Gedanken! Denke, was es tun soll, dann folgt es deinen Befehlen!«, erkläre ich ihm.

Während der Droide ruckartig hin und her rollt, sagt Spam: »Ich habe das Netzwerk der City-Bots gehackt. Damit haben wir jetzt Zugriff auf jeden städtischen Bot-Service.«

»Aber was nützen sie uns?«, fragt Pac-Man. »Bots sind keine Borgs, sie sind weder bewaffnet noch gepanzert.«

»Das stimmt«, gibt Spam zu, »aber wir können sie so ähnlich wie Kamikaze-Piloten einsetzen und mit ihnen ziemlich viel Schaden anrichten. Und vergiss nicht: Wir haben jetzt Tausende Bots unter unserem Kommando.«

Java grinst mich an. »Höchste Zeit, der Schlange den Kopf abzuschlagen!«

Plötzlich schallen laute Fanfarenstöße und Trommelwirbel durch die Straßen. Überall auf den riesigen Straßen-Screens beginnt sich das schwarz-rote VK-Logo zu drehen und eine dröhnende Stimme verkündet: *»Aufruf an alle Elitespieler! Kehrt in eure PlayPods zurück! Die Entscheidungsschlacht beginnt!«*

Wie Ratten aus den Gullys kommen unzählige Kinder und Jugendliche in VK-Kampfanzügen aus den Häusern. Und alle marschieren in eine Richtung – zum Power-Inc.-Hauptquartier.

17

Rückzugsgefecht

»Was ist los?«, fragt Sifu, als wir die vielen Jugendlichen beobachten, die wie in Trance durch die Stadt marschieren.

»Das sind die vermissten Elite-Gamer!«, rufe ich entsetzt aus. »Die VK-Melodie ruft sie zu den Play-Pods zurück! Das ist fast so wie beim Rattenfänger von Hameln – der spielte auf seiner Flöte und alle Kinder rannten hinter ihm her ... und verschwanden!«

»Das ist gar nicht gut«, sagt Java besorgt. »Vince benutzt die Elitespieler, um eine neue Armee von Borgs zu rekrutieren!«

Gerade als ich glaube, unsere Lage könnte nicht noch schlimmer werden, entdecke ich wieder eine Wespe. Die Drohne führt einen Trupp von zehn Borgs an, die direkt in Richtung unseres Parkplatzes marschieren. »Verdammt! Cobra hat nicht so lange durchgehalten, wie wir gehofft haben«, fluche ich.

»Höchste Zeit, von hier zu verschwinden«, drängt Java.

»Aber wir dürfen den Truck nicht zurücklassen!«, ruft Pac-Man.

»Müssen wir auch nicht«, antwortet Spam. »Wir nehmen ihn mit. Ich kann ihn fernsteuern.«

»*Du?* Kannst du denn überhaupt fahren?«, fragt Java skeptisch.

Spam grinst ein bisschen unsicher. »Na ja … Bei Speed Racer habe ich die Pole-Position. Das hier kann ja nicht völlig anders sein, oder?«

Er trennt seinen PlayPod von seinem Borg und verlinkt ihn mit dem Autopiloten des Trucks. Der Motor brummt und der Truck fährt langsam los. Die Borg-Einheit weiter unten in der Straße beschleunigt den Schritt. Offenbar ist ihnen klar geworden, dass sich ihre Zielpersonen an Bord des Trucks befinden. Die Borgs, die mit Pulse-Gewehren bewaffnet sind, eröffnen das Feuer.

»Schützt den Truck!«, brülle ich.

Sifus' Reinigungs-Droide rast in einer Art Selbstmordaktion auf den ersten Borg zu, der hinter uns herjagt. Droide und Borg krachen frontal ineinander. Der Droide wird dabei zerstört. Aber sein Opfer war nicht vergebens: Ein Bein des Borgs ist beschädigt, löst sich vom Rumpf und fällt zu Boden.

»Ich glaube, jetzt habe ich den Dreh heraus!«, lacht Sifu, als Spam Sifus PlayPod mit einem zweiten City-Bot verlinkt, der prompt zu einem weiteren Kamikaze-Angriff losrast.

Ich klammere mich an das Heck des Trucks, der rasch beschleunigt. Auch Pac-Mans und Javas Borgs setzen sich in Bewegung und rennen neben dem Truck her, wobei sie ein paar feindliche Borgs abwehren, die uns zu nahe kommen. Spam jagt den Truck durch die Stadt, überfährt rote Ampeln und windet sich geschickt zwischen den vielen Automatik-Taxis durch. Mit quietschenden Reifen rast er um eine Ecke. Wir erreichen den großen Hauptplatz. Aber die gegnerischen Borgs sind uns dicht auf den Fersen.

Javas Roboter wird von einem Laserstoß getroffen und außer Gefecht gesetzt. Sie steigt sofort auf Spams Borg um, der momentan frei ist, solange Spam den Truck steuert, aber wir haben den Borg auf dem Parkplatz zurücklassen müssen. Pac-Man muss mit seinem Borg allein gegen die Verfolger kämpfen.

»Fahr weiter!«, befehle ich Spam und springe vom Fahrzeug ab, um Pac-Man zu unterstützen.

»NEIN, Scott, bleib beim Truck!«, brüllt Java. »Wenn wir im Kampf verlieren, sterben nur unsere Roboter. Aber wenn du verlierst, stirbst du selbst!«

»Keine Angst, mein Anzug schützt mich«, rufe ich zurück. Ich weiß, dass ich damit ein großes Risiko eingehe, aber ich muss meinen Freunden im Truck die Chance geben zu entkommen.

Seite an Seite kämpfen Pac-Man und ich gegen die angreifenden Borgs. Mit meinen Taekwondo-Kampftechniken und der Kraft meines Exo-Suits schaffe ich es, einem Borg die funktionswichtigen Kabel herauszureißen, bei einem weiteren die Schaltkreise zu zerstören und einen dritten Roboter gegen eine Mauer zu schmettern. Pac-Mans Borg zerschlägt und zertrampelt alles, was ihm in den Weg kommt, bis ihm ein Gegner mit dem Laserschwert einen Arm abtrennt. Mit dem nächsten Hieb hätte er auch seinen Kopf verloren, aber in diesem Moment rast ein Reinigungsdroide wie aus dem Nichts heran und prallt frontal mit dem Angreifer zusammen.

»Gut gemacht, Sifu!«, schreie ich, als der VK-Borg zu einem nutzlosen Metallhaufen zusammenbricht.

Inzwischen hat uns Javas neuer Borg eingeholt und greift die VK-Borgs von hinten an. Pac-Man hebt mit seinem verbliebenen Arm ein Pulse-Gewehr auf und feuert auf die Verfolger. Gemeinsam können wir die übrigen vier Borgs überwältigen und zerstören.

Pac-Man lässt das Gewehr fallen und wir klatschen uns ab. »Wir haben die Schlacht gewonnen!«, brüllt er begeistert.

»Aber nicht den Krieg«, sagt Java düster. Sie nimmt einem der gefallenen Borgs einen Arm ab und befestigt ihn an Pac-Mans Roboter. Dann greift sie sich ein Laserschwert.

Auf den großen Straßenmonitoren wird die Schlacht noch einmal gezeigt. Mir wird klar, dass Vince sogar mit seiner Niederlage eine Menge Geld scheffelt! Ich spüre Wut in mir hochkochen. Vince gewinnt immer, egal wie eine Schlacht ausgeht, denn je länger wir überleben, desto länger geht die Show weiter und desto mehr Geld kann er damit verdienen.

Als das Video endet, schalten die Kameras auf eine Live-Übertragung um. Sie zeigt unseren Truck, der nun vom Kampfplatz flieht. Spam wird von einer neuen Borg-Einheit angegriffen und versucht nun, den Truck in Sicherheit zu bringen. Er rast quer über den leeren Hauptplatz auf den nördlichen Ausgang zu. Aber plötzlich taucht dort ein weiterer Trupp von Borgs auf und blockiert die Fluchtroute. Mit quietschenden Reifen kommt der Truck zum Stillstand.

»Wir sind umzingelt!«, ruft Spam uns über Funk zu.

Wir rennen hinüber, um den Truck zu verteidigen. Zwei Roboter, ein Reinigungsdroide und ein Exo-Anzug gegen eine hundertköpfige Borg-Armee! Meine Wut verwandelt sich in Verzweiflung, als mir klar wird, dass wir keine Chance haben.

18

Generalangriff

Die Armee von VK-Borgs rückt auf uns zu. Jeder Borg wird von einem Gamer gesteuert. Und jeder dieser Gamer hat viel Geld bezahlt, um an dem Spiel teilnehmen zu dürfen. Also sind alle extrem scharf darauf, die Belohnung – unser Kopfgeld – zu gewinnen. Unsere Roboter stehen in ungleichmäßiger Formation um unseren Truck – eine schwache Verteidigungslinie für meine vier Freunde, die sich im Truck verschanzt haben. Ich bin der Einzige, der sich außerhalb des Fahrzeugs befindet, aber dafür muss ich meinen ganzen Mut zusammenraffen. Mein Exo-Suit gibt mir zwar Kraft, aber nicht viel Hoffnung, diesen ungleichen Kampf zu überleben.

Doch dann sehe ich verblüfft, dass die heranrückenden Borgs plötzlich zum Stillstand kommen. Stille senkt sich über den Platz – sogar die Straßenmonitore verstummen.

Ein roter Cyborg tritt aus den Reihen der Angreifer. Sein perlweißes Lächeln wird halb von den Schaltkreisen und einem gläsernen Schädel überdeckt. Es überrascht mich nicht, dass sich der ruhmgierige Vince Power ganz vorne in Szene setzt.

»Das Spiel ist fast zu Ende!«, verkündet Vince. »Du hast gut gespielt, Scott. Du hast sogar länger überlebt, als ich erwartet hatte.«

Ich starre ihn wütend an. »Tut mir leid, dass ich Sie enttäuscht habe.«

»Mich enttäuscht?« Vince lacht. »Die Einschaltquoten für VK3 gehen durch die Decke, meine Profite schießen in den Himmel! Ich scheffle Geld wie noch nie! Ehrlich, ich möchte gar nicht, dass das Spiel jetzt schon endet!«

»Dann lassen Sie uns doch einfach gehen!«, faucht Java zornig.

Vince schüttelt grinsend den Kopf. »Nein, das geht nicht – ich will immer noch meine Rache!«

»Und ich will meine Rache für Cookie!«, brüllt Pac-Man. Er reißt das Pulse-Gewehr hoch und zielt auf Vince.

Aber bevor er abdrücken kann, ertönt plötzlich die VK-Erkennungsmelodie überall aus den Straßenmonitoren. Die Live-Übertragung des Kampfes beginnt – und gleichzeitig setzen sich auch die VK-Borgs wieder in Bewegung.

»Player, holt euch die Belohnung!«, treibt Vince seine Truppen an. Das ist das Signal zum Generalangriff, sofort rücken die Spieler-Borgs vor. Pac-Man feuert sein Pulse-Gewehr auf Vince ab, aber ein Borg wirft sich in die Schussbahn und fängt den Stromstoß ab. Javas Borg schwingt das Laserschwert durch die Luft, Pac-Man schießt weitere Salven, Sifu schickt den nächsten Droiden in einen Kamikaze-Angriff. Ich boxe und kicke, so schnell und hart ich kann.

Zwei Borgs greifen mich an, aber weil beide entschlossen sind, mir zuerst den Todesstoß zu versetzen und die Höchstbelohnung zu kassieren, geraten sie in einen Streit, und schon kämpfen sie gegeneinander und nicht gegen uns.

»Nein!«, brüllt Vince wütend, als er das sieht. »Vernichtet Scott! *Er* ist der Preis!«

Aber die beiden Spieler wollen offenbar das Preisgeld nicht unter sich aufteilen.

Der chaotische Angriff verschafft mir einen kleinen Vorteil. Ich nutze den Streit aus und schalte beide Borgs aus.

»Vielleicht überleben wir das!«, rufe ich Pac-Man zu, der gerade einen weiteren Borg umlegt, während Javas Borg mit dem Laserschwert einem Gegner den Kopf abschlägt.

»Freu dich nicht zu früh«, antwortet Spam. »Ich kriege keine Verbindung mehr zu den City-Bots. Sie sind offline. Vince muss einen Jammer gegen meine Signale aktiviert haben.«

Drei Borgs stürzen sich plötzlich gemeinsam auf Pac-Mans Borg und überwältigen ihn. Java will ihm zu Hilfe kommen, wird aber durch einen direkten Schuss aus einem Pulse-Gewehr umgelegt. Ihr Roboter explodiert, aber Java schreit mir über Funk zu: »Lauf, Scott! Hau ab, solange du noch kannst!«

Die Borgs spüren offenbar, dass ihre Ziele nicht mehr geschützt sind, und starten einen Massenangriff auf den Truck.

»Nein!«, rufe ich zurück und hebe Pac-Mans Waffe auf. »Wir kämpfen gemeinsam bis zum Ende!«

Ich springe auf das Dach des Trucks und feure von dort oben mit der Pulse-Rifle auf die Feinde. Ich bin der letzte Verteidiger – bis der Akku meiner Waffe leer ist.

19

Download

Game over. Vince hat gewonnen.

Wir haben wie wahre Krieger tapfer gekämpft, aber am Ende hat es nicht gereicht. Die Borgs müssen nur noch einen einzigen Pulse-Schuss abgeben – auf mich –, um das Preisgeld einstreichen zu können.

Das war's. Ich lasse die leer geschossene Waffe fallen und starre zu Vince hinüber. Nach allem, wofür wir gekämpft haben – nach allen Gefahren, die wir auf uns genommen haben, und nach allen Opfern, die wir erbringen mussten – hat er uns schließlich doch besiegt. Vince grinst mich an; er will seinen endgültigen Sieg in vollen Zügen auskosten.

Doch dann ist plötzlich aus der Ferne ein lautes Rumpeln zu hören. Vince blickt sich erstaunt um. Sein geschockter Gesichtsausdruck sagt mir, dass das nicht von ihm geplant ist.

Vom Dach des Trucks aus sehe ich ganze Trupps von City-Bots aus allen Richtungen auf den Hauptplatz zumarschieren. Droiden aller möglichen Arten, die normalerweise ganz unterschiedliche städtische Arbeiten ausführen – Bots für die Straßenreinigung, Verkehrsregelung oder Pflege der Parkanlagen, Roboter, die auf Schrottplätzen oder auf den Hafendocks arbeiten, auch Automatik-Taxis kommen angefahren … und sogar mehrere Trupps von blau-weißen Robo-Cops. Eine bunt gemischte Armee von Metallgestalten marschiert heran.

»Was passiert da draußen?«, ruft Java über Funk aus dem Truck.

»Keine Ahnung«, antworte ich. »Aber es sieht so aus, als kämen uns die City-Bots zu Hilfe!«

Die City-Bots gehen sofort zum Angriff auf Vinces VK-Borgs über. Sie rammen, stoßen und schlagen alles beiseite, was sich ihnen in den Weg stellt. Durch ihre enorme Anzahl sind sie den Borgs haushoch überlegen, obwohl diese durch ihre Rüstung und Feuerkraft eigentlich viel stärker sind. Kaum gelingt es einem Borg, einen oder zwei Droiden oder Bots zu erschlagen, stürzt sich auch schon ein ganzer Haufen anderer Kleinroboter auf ihn, bis dem Borg die Munition ausgeht und er unter dem gnadenlosen Ansturm zu Boden geht und vernichtet wird.

»Warst du das, Spam?«, frage ich über Funk.

Spam streckt den Kopf durch die Dachluke und starrt mit offenem Mund auf das Schlachtfeld. »N-nein … Aber jetzt wird mir klar, warum alle City-Bots plötzlich offline gegangen sind.«

Immer noch strömen unzählige City-Bots wie eine Sturmflut auf den Platz und zwingen die VK-Borgs zu einem Überlebenskampf. Die Spieler, die die Borgs steuern, scheinen schon fast vergessen zu haben, dass auf mich und meine Freunde hohe Kopfgelder ausgesetzt sind.

Vince wird klar, dass seine Borg-Armee kurz vor der Niederlage steht. Er weicht zurück, versucht zu fliehen. Ich springe vom Truck herab und verfolge ihn. Java hat recht: VK kann nur beendet werden, wenn Vince Power endgültig besiegt wird.

Ich renne durch das Kampfgewühl und stelle mich Vince Powers Cyborg in den Weg. »Game over!«, rufe ich ihm zu.

Vince grinst höhnisch. »Das Spiel ist erst vorbei, wenn *ich* es sage!«

Er rammt mir seine große Stahlfaust in den Leib. Der Schlag trifft mich wie ein Frontalzusammenstoß mit einem Auto. Ich werde rückwärts gegen einen VK-Borg geschleudert. Nur mein Exo-Suit verhindert, dass ich bei dem Zusammenprall zerschmettert werde.

Ich springe wieder auf und greife Vince an, starte eine Serie von Boxhieben. Aber Vince blockt sämtliche Schläge ab. Seine Reaktionen sind schneller, als ein Mensch jemals reagieren könnte. Und er zahlt es mir sofort mit einem mörderischen Roundhouse-Kick zurück. Ich kann knapp ausweichen und antworte mit einem superstarken Seitwärtstritt. Aber Vince schlägt mein Bein einfach weg, wirbelt herum und lässt einen Ellbogenschlag direkt in mein Gesicht krachen. Mein Visier zersplittert und meine Ohren klingeln von dem Schlag. Bevor ich mich wieder halbwegs erholen kann, hämmert Vince mit beiden Fäusten so hart auf meinen Helm, dass ich auf die Knie falle.

Vince lacht. »Gegen mich hast du keine Chance, Scott. Ich habe sämtliche Kampfkunsttechniken von VK auf meinen Cyborg heruntergeladen!«

Trotz meiner Benommenheit schießt mir plötzlich etwas in den Sinn, das Sifu gesagt hat: In der realen Welt würden viele VK-Techniken nicht funktionieren. Aber Bruce Lees Techniken funktionieren immer.

Vince holt theatralisch zum endgültigen Schlag aus, um mir den Schädel zu zertrümmern. »Jetzt bringe ich zu Ende, was der Zerstörer damals angefangen hat …«, verkündet er.

Während er redet, flüstere ich hastig in das Mikro: »Spam! Lade sämtliche Bruce-Lee-Dateien auf meinen Exo-Suit!«

»Was?«, stottert Spam verblüfft.

»Tu es, sofort!«

Einen Sekundenbruchteil später höre ich das leise *Ping!*, mit dem mein System eine neue Datei ankündigt.

Vince genießt seinen Sieg in vollen Zügen. Höhnisch starrt er auf mich herab, die Fäuste zum finalen Schlag erhoben. »Ich habe dich gewarnt, Scott, dass VK nicht mehr nur ein Spiel ist. ›So real, dass es schmerzt‹ stimmt jetzt mehr als jemals zuvor – und ich verspreche dir, gleich wird es so sehr schmerzen, dass du es dir nicht mal vorstellen kannst!«

Gerade als Vinces Fäuste auf meinen Kopf zukommen, schicke ich einen einzigen Gedankenbefehl an meinen Exo-Suit, der eine Kettenreaktion auslöst. Im System meines Anzugs sind nun sämtliche Techniken gespeichert, die Bruce Lee jemals entwickelt hat. Mein Exo-Suit ist in der Lage, Lees tödlichste Stöße und Hiebe nachzuahmen und eine schockartige Energie freizusetzen, die in meine gepanzerte Faust schießt und dort förmlich explodiert. Schon mein erster Hieb zerschmettert Vinces Cyborg. Sein metallisches Exoskelett zersplittert so wie die Holzpuppe unter Sifus Hieben.

Vince taumelt zurück und bricht zusammen. Blaue Funken sprühen aus dem Cyborg. »Was … was für eine Technik war das?«, stößt er keuchend hervor und starrt entsetzt auf seinen zerbrochenen Arm.

»Das war der One Inch Punch«, antworte ich.

Er schüttelt den Kopf. »Einen solchen Punch gibt es in VK nicht!«

»Nein – aber ich spiele jetzt nicht mehr Virtual Kombat und werde es nie mehr spielen.«

Ich hebe das Laserschwert vom Boden auf, um die Sache ein für alle Mal zu beenden. Aber bevor ich den Arm zum Schlag heben kann, packt einer der City-Bots, die für die Schrottentsorgung zuständig sind, Vince unter den Achseln und wirft ihn in einen Metallschredder. Vince Powers halb zerstörter Cyborg kann sich nicht mehr gegen die mächtigen Kiefer des Schredders wehren, die sich wie ein gewaltiges Haifischmaul um ihn schließen. Vince stößt einen wahnsinnigen Todesschrei aus, als der Schredder seinen Cyborg gründlich zu einem Schrotthaufen zermalmt.

20

Neue Realität

»Offenbar kann man Kampfkunst doch problemlos downloaden«, gibt Sifu zu, als wir mitten auf dem Hauptplatz stehen, der von Unmengen zerstörter Borgs und Droiden übersät ist. »Scott, ich muss zugeben, dass war genial, ein perfekter One Inch Punch!«

Ich lache, aber im Grunde bin ich selbst noch völlig verblüfft, dass mein Plan funktioniert hat. »Das ändert nichts daran, dass wahre Kampfkunst immer noch ein lebenslanger Lernprozess ist«, ahme ich Sifus Lektion nach. »Und ohne einen Meister, der mich so wie du trainiert, hätte ich die Technik erst gar nicht erlernt.«

Java kickt eine Scherbe von Vinces Glasschädel weg. »Für mich zählt nur, dass die Schlange jetzt keinen Kopf mehr hat.«

Ein Reinigungsdroide surrt herbei und saugt die Schädelscherbe auf. Die Schlacht ist vorbei. Die übrig gebliebenen City-Bots haben wieder ihre normalen Funktionen aufgenommen.

Spam runzelt die Stirn. »Aber wenn Vince die City-Bots nicht gesteuert hat – wer war es dann?«

Ich drehe mich zu Pac-Man um, aber der zuckt nur die Schultern.

»Vielleicht kennen sie die Antwort«, sagt Sifu und weist mit einer Kopfbewegung auf eine Gruppe von Jugendlichen, die gerade auf den Platz kommt. Alle tragen die schwarze VK-Kampfkleidung von Elitespielern.

Ein groß gewachsenes Mädchen mit dem Namenszug HEXE auf der Brust winkt mir zu. »Scott!«, ruft sie, während sie zu uns herüberjoggt. »Was zum Teufel war hier los?«

Ich starre meine alte Freundin an. »Du erinnerst dich noch an mich?«

Hexe nickt. »Natürlich – wir beide gehörten doch zu den Elitespielern. Nur das letzte Spiel war ein bisschen seltsam ... plötzlich konnten wir nur noch einfache Roboter sein, mussten aber gegen eine ganze Armee von Avataren kämpfen!« Sie blickt sich um, offenbar wird ihr erst jetzt richtig klar, was hier geschehen ist und dass sie mitten auf einem Schlachtfeld steht.

»Dein Gedächtnis funktioniert wieder«, sage ich lächelnd. »Ihr habt uns das Leben gerettet!«

»Wer – ich?«, fragt Hexe verblüfft.

»Ja! Du und die anderen! Das müsst ihr gewesen sein, die plötzlich die Kontrolle über die City-Bots übernommen und die Borgs bekämpft habt!«, erklärt Spam.

Hexe schaut uns verwundert an. »Oh, ich dachte, das sei nur ein Spiel ...«

Ich schüttle den Kopf. »Nein. VK ist nicht einfach nur ein Spiel. Besser gesagt: VK ist überhaupt kein Spiel mehr.«

Wir kehren ins Hauptquartier von Power Inc. zurück und fahren zu Pentiums Büro, ins Penthouse hinauf. Als wir aus dem Auszug treten, prallen wir förmlich zurück: Hinter dem Holo-Desk sitzt ein schlankes Mädchen mit langen braunen Stirnfransen.

»Du … du lebst!«, ruft Spam aus, läuft hinüber und umarmt Cookie.

»Wie hast du überlebt?«, frage ich, als wir uns um den Schreibtisch versammeln. Auf ihrer Haut sind schwache rote Linien zu sehen – die typischen Narben, die von den elektrischen Stromstößen verursacht werden, die die Wespen auf Cookie abgefeuert hatten. »Ich habe doch selbst gesehen, wie die Wespen auf dich eingestochen haben!«

Cookie grinst und klopft auf ihre graue Jacke. »Die Elektrizität sucht sich immer den Weg mit dem geringsten Widerstand«, erklärt sie. »Wenn ich einen neuen PlayPod baue, muss ich ständig darauf achten, keine Stromschläge abzubekommen. Deshalb trage ich Karbonkleidung. Die Karbonfasern leiten den Strom ab. Als die Wespen ihre Stacheln abgeschossen haben, bin ich zwar von den Einschlägen bewusstlos geworden, aber ihre Stromstöße wurden in die Erde abgeleitet.«

»Vielleicht sollte ich mir auch Karbonklamotten zulegen«, sagt Pac-Man. »Mir kam es so vor, als würden mich die Stromschläge treffen, als ich dich sterben sah.«

»Dann warst du es, die die Elitespieler in ihre Pods zurückgerufen hat?«, frage ich Cookie.

Sie nickt. »Vince glaubte, dass ich tot sei, das gab mir die Zeit, wieder in das VK3-System zu hacken. Es ist ähnlich programmiert wie VK2, für mich kein Problem. Die Elitespieler waren immer noch mit ihren alten PlayPods verbunden, was wir unserem Virus zu verdanken haben. Deshalb waren sie in einer Art Trance.«

»Aber ihre Erinnerung ist wieder da«, wirft Spam ein.

»Ja, stimmt. Sie haben das Spiel gewonnen und wurden dadurch wieder befreit«, erklärt Cookie. »Ihre Gehirne wurden sozusagen neu gebootet. Das ist ungefähr so, als würde man eine Festplatte wieder auf Werkeinstellung zurücksetzen, denke ich. Damit wurde ihr Gedächtnis auf den Moment zurückgesetzt, bevor sie sich in VK einloggten.«

»Und was geschieht jetzt?«, fragt Pac-Man und blickt durch das zersplitterte Bürofenster auf die Straßen hinunter. Die großen Straßenscreens hängen schwarz und stumm über der Skyline der neonleuchtenden Mega-City.

»Zeit für ein neues Spiel«, sagt Cookie und gibt auf der Holo-Tastatur einen Befehl ein. »Ein Spiel, das die Welt verändert … Pentiums neues Projekt für ein verbessertes Reality-Game.«

Draußen leuchtet auf allen Straßenscreens der Stadt ein neues Logo auf, hell und klar und in riesigen Buchstaben:

RL

RealLife – das bessere Leben

»Was ist das?«, fragt Spam.

»Bei dem Spiel geht es um ein besseres Zusammenleben«, erklärt Cookie. »Die Spieler können Belohnungen einsammeln, indem sie ausgehen, sich treffen, miteinander reden, anderen helfen, neue Freunde finden, andere Orte besuchen …«

»Aber ein Spiel kann doch nichts *wirklich* verändern«, wendet Java ein.

»Dieses Spiel schon«, sage ich und muss lächeln, als mir einfällt, was Pentium gesagt hat. »Es ist die reale Welt – nur besser.«

21

Log-off

Java irrte sich.
Die Welt veränderte sich tatsächlich.
Zum Besseren.
Die Menschen leben jetzt wieder in der Wirklichkeit.
Wir haben die Freiheit zurückgewonnen, unser Leben so zu leben, wie wir es wollen. Die tödliche Bedrohung durch Virtual Kombat und durch Vince Power hängt nicht mehr wie ein Schicksalsschwert über uns.
Wenn du das liest, denke daran …
Das Leben ist kein Spiel. Es ist eine einmalige Chance – *deine* Chance, es so zu leben, wie es dir gefällt.

GAME OVER?

Projekt KRONOX
ist aktiviert ...